青春不是人生的一段时光
而是心灵的一种状态

两山夜话

LIANGSHAN YEHUA

高国强 著

哈尔滨出版社
HARBIN PUBLISHING HOUSE

图书在版编目（CIP）数据

两山夜话 / 高国强著． — 哈尔滨：哈尔滨出版社，2021.5
　ISBN 978-7-5484-5965-1

Ⅰ．①两… Ⅱ．①高… Ⅲ．①散文集－中国－当代 Ⅳ．① I267

中国版本图书馆 CIP 数据核字（2021）第 057573 号

书　　名：两 山 夜 话
　　　　　LIANGSHAN YEHUA

作　　者：高国强　著
责任编辑：韩伟锋　姚春青
责任审校：李　战
封面设计：树上微出版

出版发行：哈尔滨出版社（Harbin Publishing House）
社　　址：哈尔滨市香坊区泰山路 82-9 号　　邮编：150090
经　　销：全国新华书店
印　　刷：武汉市金港彩印有限公司
网　　址：www.hrbcbs.com　　www.mifengniao.com
E-mail：hrbcbs@yeah.net
编辑版权热线：（0451）87900271　87900272
销售热线：（0451）87900202　87900203

开　本：880mm×1230mm　1/32　印张：9　字数：194 千字
版　次：2021 年 5 月第 1 版
印　次：2021 年 5 月第 1 次印刷
书　号：ISBN 978-7-5484-5965-1
定　价：98.00 元

凡购本社图书发现印装错误，请与本社印制部联系调换。
服务热线：（0451）87900278

自 序

紫葳正灿烂

喜欢文字的人，有诗一般的梦。出生理工科，却喜爱文字，因此多梦。中学时代梦想去南京，大学时代梦想读研，硕士毕业到高校工作后梦想出国深造读博，在美国安居乐业后梦想海归创业，创业成功后又梦想当作家……人生仿佛是由数不清的梦想和为之奋斗的征程组成。梦想是什么？梦想就是你的内心和直觉知道你真正想要成为什么样的人，你有跟随内心与直觉的勇气。奋斗并不仅仅是为了成功，奋斗使人找到生命的意义和存在的价值。

社会学家说，人类身上有两种矛盾的渴望，一个是寻找安定和归属感，另一个是向往自由和冒险。我显然后一种渴望更大。2010年春，在赴美国留学、工作、安居生活多年后，我奋勇冲破旧的舒适区，追随内心渴望，辞掉美国工作，只身回大陆创业，一切归零，从头开始。

白手起家，"从0到1"的创业最难，创业初期十分艰辛。常想起美国屋前的紫葳，花落又花开，经年不懈，犹如信念不移，于是写下这段文字：

数年前我因工作调动从美国东部来到南加州洛杉矶。

到的这天正是六月中旬，是我第一次来南加。来到住处前，我一眼就注意到门前几棵开着紫花的树,花开正盛,密密麻麻,满树都是,很是惊艳。以前从没见过这种树。这是什么树呢,竟然可以美得这样风姿绰约、醉人心扉!

我素喜开在树上的花,那种开得满枝满树都是的花,如紫薇、樱花、桃花、梅花;她们花枝招展着,风中摇曳着,恣意妖娆着,能让人醉倒。紫花尤其让人钟爱,这一树的花紫得非常清纯,那清澈的紫色散发很大的魅力,营造出非常浓郁的女性气息,透着神秘、尊贵、高尚。

那以后的岁月里,每年都有这树紫葳花陪伴着我。紫葳花开花落,流年似水,总在提醒着我来到美国后的时光;提醒着我不忘初心,要努力,努力,不要止步,犹如这一树繁花,花谢又花开,让坚持成为一种信仰!

春天般的瞻望

有人说,世界上根本不存在感同身受这回事。我不完全认同这种说法。创过业、经历过类似人生的人,会感受他人经受磨砺的痛。

陈鲁豫在《偶遇》中说:"无论是谁,我们都曾经或正在经历各自的人生至暗时刻,那是一条漫长、黝黑、阴冷、令人绝望的隧道。"

归国创业最初的兴奋散尽后,发觉自己仿佛掉入了一个黑暗、充满凶险的无底洞;遥远处似有一星点亮光,忽明忽暗,奋力往前爬,却始终不见洞口和阳光明媚的天空。

创业初期,可以说是我人生灰淡时刻,经历的焦虑、孤独、坎坷和艰辛无以言表。因为创业归根结底就是做出好的产品,让别人心甘情愿掏钱购你的产品,这对"从0到1"的创业者来说谈何容易。之前的拼搏如上大学、读研、出国读博、入职,其难度和创业成功比,都是小菜一碟,不值一提。

严冬过尽,春天来到,愿阳光晒向所有创业者。昨天犹如幼苗抽芽,今天已是枝繁叶茂,明天必将硕果累累。

你可以一辈子不登山,
但心中一定要有座山。
它使你总往高处爬,
总有奋斗和努力的方向。
它使你任何一刻抬起头,
总能看到远方和希望。

如寻一曲歌为上面文字配乐,须是浑厚、稳重、坚定洒脱的,仿佛向世人循循告白,面对人生重任,既不屈不饶,坚忍不拔,又潇洒自如,坦然面对,如春天般的瞻望。

目 录

故乡宜兴——丁山蜀山 1
童年的树 3
童年往事——老龙窑 8
外公金山 13
表　妹 21
紫　兰 24
童年往事——蚂蚁小人物 27
中学时代——匆匆那年 33
生活不只是诗和远方,还有宜兴团子 39
每个小男生心中都曾有个小女生 42
游宜兴湖㳇馨山崇恩寺 46
送　别 48
落　后 50

苏州——大学时代 53
留得残荷听雨声 55
苏州胥门桥 57
女大学生宿舍 60
马教授和熵增定律 62
重回母校苏州大学 65
苏州广播电台毕口秀 67

南京——梦想之处 69
石老头 71
南京南京 75

又见台城	80
大肚子山楂酒	85
金陵随想	88

美　　国——留学生活　　91

老K——美国留学生活点滴	93
师兄良	102
邻　　居	105
比萨好吃	107
戴茵丝	110

桃花万树红楼梦　　113

说说妙玉和黛玉	115
黛玉聪慧绝伦智商情商过人	121
潇潇芙蓉国　枝枝醉美人——悼晴雯兼品芙蓉花	127
最温暖人心的一访	136
从薛蟠瞥见林黛玉，酥倒在那里说起	143
大奸似忠薛宝钗	151

散　　文　　161

啊，深圳！	163
一枝红杏出墙来	165
豫章张好好	167
梅花香自苦寒来	171
嘉树噩树	174
病毒问题简述	178
文明与野蛮之间只隔了一个野味和公勺的距离	181

成则英雄败则贼,从蚩尤看掌握话语权的重要性	184
观　　念	**187**
离　　婚	189
因你听见,所以存在	191
任何美女都有最佳观赏距离	193
春恨秋悲皆因变	198
淡定人生——论建房无用功	201
我们正处于文化浅薄、粗俗时代吗?	204
人类文明进化过程就是"装"的过程	206
大榕树	209
谈谈爱情观	210
观念的位置	213
骗得了嘴骗不了胃	215
数目化管理是达成治理的关键	217
影　　评	**221**
风华绝代——电影《芳华》观后	223
《中国合伙人》短评	228
有一种青春叫疯狂	229
萧穗子的巧克力和何小曼的鼻屎	233
立德立言,无问西东	238
狮子王回来了	240
随　　笔	**243**
绿珠——史海钩沉	245
蛙鸣定律	250

猴子定律	251
无题 —— 随感二则	253
光子光缆问题	255
高铁偶寄 —— 杂谈	256
两条鱼的故事	258
今天民国范了吗？	261
上天言好事	263
洛神赋极美，洛神甄洛却很凄惨（附：洛神赋）	264
拯救芯片，要从少吃油盐开始	268
"金钱鼠尾辫"考	270
写文章就要会编故事	272
个别人拖累了全世界？	273

故乡宜兴——丁山蜀山

童年的树

时代的发展变迁,连一棵树都能见证。

童年时见过的树很少,印象深的就五六种。不知哪位哲人说,人生是童年的延续。童年所思、所见、所闻,均会留下深刻印象,终生难忘。童年时家乡的树,就常常在记忆里萦绕。

家乡在宜兴鼎蜀镇。老家门口有个院子,院子里有一棵白杨树,不知何时、谁家种的。杨树处在青年时代,树干只有杯口那么粗,两三个大人那么高。夏天杨树枝叶丰满的时候,叶子上生一种虫子,孩子们称其为洋辣子。洋辣子像成熟的蚕那么大小,但全身长满毛茸茸的刺,很恐怖,掉落在人的身上又痒又痛,因此小时候挺讨厌那棵树,巴不得有人把它锯了去。

但白杨树也给过我们快乐的时光。夏天杨树枝叶翠绿的时候,我们小孩捡些或摘些又肥又大的叶子,玩起一种斗叶子的游戏。所谓斗叶子,就是两个小孩手上各拿一片叶子,把两张叶子的柄交叉缠住,各人两手抓住叶柄的两端,往后拉,谁的叶柄先断裂谁就输了。几张杨树叶子让一群孩子玩得嘻嘻哈哈,你叫我嚷,带来许多快乐。20世纪60年代末的孩子很少有玩具,也没什么娱乐,电视都没有,这一类拉拉叶子、丢丢砖块、弹弹玻璃珠、藏藏猫猫、抓抓强盗的游戏,就是我们儿时全部的娱乐生活。

出我们院子进入隔壁另一个院子，角落里有一棵中国梧桐。梧桐树有一人多抱那么粗，算得上我儿时见过的几棵大树之一，按树龄算该是壮年时代。梧桐树是开花的，开一种喇叭状浅紫色花，有点像紫葳花，是我喜爱的树花之一。可我童年印象里记不起隔壁院子里梧桐树开花的样子，可能是因为隔了一个院子没太在意，也可能是儿时对花花草草不感兴趣，总之我童年印象里没有梧桐花。但那棵梧桐是确乎开过花的，依据是，到了秋天，院子里的女孩们聚在那棵树下捡拾梧桐籽，炒了吃。记得儿时跟着女孩们捡过一次梧桐籽，拿回家，在锅里炒了，抓几颗丢嘴里，嚼起来嘎嘣脆，香香的。在那个物质紧张的年代，许多本来普通的植物也被老百姓开发出它们食物的特性来。

梧桐树的命运颇为坎坷：籽给我们这些馋嘴的小孩吃了，树最终也被砍伐了。小学时某天放学回家，经过那个院子时，见许多人围在那里吵闹。一看，梧桐树被放倒了，粗大的枝干截成几节，砍下的树枝堆满半个院子。从吵闹的阵仗中很快厘清原委：紧挨着梧桐树的吕家锯倒了大梧桐树，目的是想一举两得——占领原来大树的位置为自家"开疆辟土"扩建房屋，把砍下的大树占为己有。在那个物资缺乏的年代，如此大一棵树作为物质是颇为壮观的。于是，院子里的邻居们愤怒了，纷纷七嘴八舌数落吕家。邻居汪家的父亲，正值青壮年，儿时觉得他是邻居里敢出头露面，比较正气的，带头猛怼吕家，还派人通知丁山居委会。这场闹剧最后的结局是：居委会主任带人来把砍下的梧桐树拖走充公，吕家如愿以偿在原来梧桐树的位置扩建了房屋。

多年后我游览江西婺源，见那里有许许多多百年树龄的大树，想起我童年时的家乡，江南的小镇，几乎没有几棵上年龄的树，明白了为什么。在人口密集、资源缺乏的地区，一棵棵大树就是被数不清的"吕家"消灭掉的，并不是天然就没有大树。

家乡小镇街道两边种有法国梧桐作为行道树。这些法国梧桐大小不一，有粗有细，树龄当在10年左右，不成气候。什么叫成气候呢？去过南京就知道了，中山路和中央路两边的法国梧桐，高大参天，绿叶婆娑，浓密的树荫遮住了路中央和人行道。我初中时第一次去南京，走在从新街口到鼓楼的中央路上，被南京街道上梧桐树的魅力征服了，发誓以后要去南京工作，后来研究生毕业果然如愿以偿。当然那是后话。

夏天过后，家乡小镇街道梧桐树上吊下一个个叶子卷着的虫茧，花生那么大，由枯叶卷起来的，里面住着一只褐红色的虫子，未成熟蚕那么大小，用虫子吐出的丝吊在空中，一棵树上往往会吊十多只，随着秋风摇摆起舞。当地人称之为"缺虚婆婆"。"缺虚"是宜兴乡音，就是尿床的意思。不知道为什么把这种吊在梧桐树上的虫子和尿床及婆婆联系起来，这是我至今想不明白的。

那时节总见到有人手拿一根棍子，把缺虚婆婆从树上打下来，用袋子装着，拿回家喂鸡吃。我分析，缺虚婆婆用丝线把自己吊在空中生活，是为了免遭螳螂、蜈蚣等爬虫的捕猎，却没想到还是逃不脱人类的捕杀。

如今物资丰富，我想应该没有人再去捉缺虚婆婆喂鸡了吧。家乡每年秋季，那些尚存的梧桐树上是不是还会一样吊着许多缺虚婆婆？那些缺虚婆婆现在应该能安居乐业、平安无事了吧？可现代人如此浮躁，哪里还会有静心如童年时那样去观察和关心一只缺虚婆婆的生活和命运呢。

儿时在假期经常去东岭山区舅舅家玩，现在那里是著名的宜兴廿三弯景区。舅舅家门前是一条山涧，流淌着清清的涧水，记得那水是可以直接喝的。涧边靠道路侧长着两棵银杏树，一大一小，大的有两人抱，稍小些的一人抱。这两棵银杏是我儿时仅见过的银杏树，也是见过的几棵大树里的两棵。那两棵银杏是一公一母，大的那棵是母的，会结白果。我从没见过银杏结籽，大约是因为我总是在春假或暑假才去东岭，不是挂果的季节。

数年前去东岭，见到大的银杏依然枝繁叶茂，春意盎然，但那棵小的公树却没有了。好像是涧边道路扩展等导致那棵公银杏倒掉了。母银杏现在成了孤树，不知是否会年年怀念她的公树？听老人说，银杏树是有感觉的，以前有两个村庄，相隔十几里地，长一公一母两棵银杏，这两棵树彼此遥相吸引，树枝全部向着对方方向长。我是学自然科学的，相信这完全可能是真的。植物的感觉人类未必知道。

小学一二年级时，在夏初6月的一天，跟着老兄和小堂兄，三人从鼎蜀镇出发，沿着西太湖边的104国道（南京—杭州公路），步行约15公里，到江苏、浙江交界处父子岭附近一个小山村，吃杨梅。沿途的行道树，很茂密，为我们遮挡了一路的夏日炎炎。这些树是我以前从没见过的，树上吊着一串串像小元宝一样的籽实，看起来像一串串小馄饨。我们都不知道这种树的名称，就称之为"馄饨树"。因为那小馄饨一样的串串给我的印象太深了，馄饨树一直留在我的记忆中，却从没去考证那是什么树。

2018年夏季去长沙，在橘子洲头见到一棵巨大无比的树，树干有三人抱，虽已有100多年树龄，依然枝繁叶茂，遮天蔽日，叶展出去有几亩地，树枝上面吊着一串串小馄饨。看树干上挂着的铭牌，才知道这是枫杨树。原来，不怎么起眼的"馄饨树"，只要好好爱惜、保护，居然可以长成一棵参天大树！

联想到孩子和人才，家庭和教育机构要公平、认真对待每个孩子。某些孩子在童年时就如那棵馄饨树，很不起眼，但如果以平等心一样对待，一样爱护，或许他们是真正的人才，会像馄饨树一样长成一棵遮天蔽日的大枫杨！

时代真的不一样了。在国内时，傍晚散步常常走过无锡市内的高浪路、吴都路和观山路，道两旁每间隔大约不到5米，密密麻麻种满了银杏、杨梅、樟树、合欢、紫薇，及一些其他不知名称的行道树。在我儿时印象里，这些树都是稀缺的树种，童年没见过几棵，现在则成为密植的树林，随处可见。

时代的翻天覆地变化，真的连树的多寡，树的命运，都能见证。

（2020年8月16日）

童年往事——老龙窑

老家在太湖之滨的宜兴市鼎蜀镇（简写丁蜀镇），誉称陶都，是陶器的故乡。

鼎蜀镇由鼎山（简写丁山）、蜀山和汤渡三个小镇合并而来。鼎山的来历和小镇被三座山环绕有关：北面和西面环绕两座小山，北面的裸露着黄色砂岩，称黄龙山，西面那座灰脱脱的石灰岩山，则称青龙山，南面是南山，三座山犹如鼎的三只脚，鼎山由此得名。青龙山和黄龙山的平地落差不到100米，实在不能叫山，只能叫岗，而南山则的确是山，属天目山脉东面余脉，丘陵一直往西延绵进入安徽广德、浙江煤山境内，成一望无际的百里大山。

蜀山和苏轼有关。苏轼被贬后到任常州，曾四次来过宜兴，饱览宜兴的丽水嘉山。他乘船沿着荆溪河来到宜兴獨山（注：蜀山原名獨山），见獨山的形貌颇像他家乡四川，乃感叹"此山似蜀"，后人逐将獨山"去犬为蜀"，改称蜀山。苏轼在蜀山脚下买田置屋，建立东坡书院开课讲学，留下"买田阳羡吾将老，从来只为溪山好""吾来阳羡，船入荆溪，意思豁然，如惬平生之欲。逝将归老，殆是前缘"等佳句。阳羡是宜兴的古称。

蜀山是宜兴紫砂茶壶的发祥地，紫砂泥矿则出产于鼎山的黄龙山中，鼎蜀果真难分难解。

我六十年代初出生在丁山,老家在镇子的中心地带,称大中街。丁山只是镇名,如我上述,并不存在一座叫"丁山"的山。我后来上大学,某暑期有一个同班苏州女生到宜兴旅游,中间短暂停留丁山陶瓷商场和陶瓷街。暑期结束开学后,见了我说起她的旅行,道,因为行程紧迫,没时间爬丁山,可惜了。我听了呵呵好笑,觉得可以作为搞笑段子,许多外地人想当然以为丁山和虎丘山、惠山、泰山一样是座山呢。

但丁山镇子中央确有两座小山,其实小得连"岗"都算不上,严格来讲只能叫小坡。

其中一个坡称"乌龟山",在工人医院边上,电影院的后面,坡上长满了高大的馄饨树(枫杨树,挂满一串串像小馄饨一样的籽实),有许多裸露的巨大的石灰岩青石,还有一些坟堆,坡另一头挨着医院的太平间,所以感觉阴森森,有点恐怖。六十年代末镇上人口不多,"乌龟山"一带已属偏僻,很少有人上去。记得小学时和几个同学及邻居小孩到乌龟山上玩民兵捉强盗和藏猫猫,大青石后适合躲人。见到坟堆,有些害怕,七嘴八舌说肯定没人有胆量睡到坟堆上面,结果有个痴大胆偏偏跳出来,真的爬上去,往坟堆上一躺,当了一回"英雄好汉"。

另个坡,名字不知道,上面有两条建筑陶瓷厂烧陶器的龙窑,印象特别深刻。童年时从老家出门,在那个长有一棵白杨树的院子里,朝西仰望,就能看到那两座龙窑,离家这边直线距离大约300米。两座龙窑一南一北,并排,龙头向西,龙尾朝东,头高尾低,沿着坡势向上,呈大约30°角。烧窑时,从最低处龙尾巴开始,工人把一捆捆从南山上砍来的松枝及其他杂柴,用长铁钎从龙眼往窑肚子里塞,立即发出一阵噼里啪啦的响声,同时龙眼里冒出强烈的火光,龙头大烟囱里更是火光冲天,巨大的烟雾夹着火星冲向天空。窑工不断朝一个龙眼里添柴加火,持续很长时间,然后再挪到下一眼,接着烧,就这样一眼一眼慢慢向上移动。隐约记得一条窑要烧大半天时间。

如果刚好遇见晚上烧窑,那就更精彩了,好看程度不亚于观看一场烟火:火光照亮了西边半个夜空,龙头里吐出许许多多火星随着青烟袅袅升起,忽闪忽闪,夹杂着烧窑工人添柴加火的人影憧憧,仿佛一场皮影戏。童年时喜欢看晚上烧窑,一个人站在院子里看许久,直到仰着的脖子发酸还不肯放弃回家。

记得有几次工人修窑,从我站着的院子里看过去,有几名工人一起一落抡大锤,大约是在夯实龙窑的泥土基础。有趣的是,远远看着工人抡起大锤,然后狠狠地砸下去,但"嘭"的一声则要等约1秒后才听到,由此我童年时就明白了声音传得要比眼睛看到得慢的道理。

烧好的窑,工人把一只如碗大小的陶盖将龙眼盖上,并用泥糊严实,保持热量,让烧制的陶瓷高温成熟。窑内温度非常高,盖子盖上去一会儿也被烤得通红。窑的长度有30~40米,窑的两面每隔约1米留有对称的、口径约20厘米的龙眼,这样一条窑有60~80个龙眼。

烧过的龙窑等了一天后温度略为降低,小孩子们利用余温的时候就到了。一件是利用龙眼盖子中间的一个凹洞,将白果(银杏仁)塞进洞里,等待10多秒钟后,白果被烤得滚热,吱吱直叫,终于忍不住,"啪"的一声炸开,并被自己的气浪轰出洞,蹦到几米开外,小孩子赶紧捡起烤熟的白果,剥出热腾腾的杏仁肉，吃起来香喷喷的。上龙窑烤白果是儿时经常干的活，但那时候白果是珍稀的果品，得到不容易，所以每次能烤5个、10个就算很富足了。

另一件是技术活：烤红薯。用一根铁丝从红薯中间刺穿，一个个穿起来，可以穿5~10个，然后拎着爬到龙窑，拨开龙眼盖，把整串红薯放进龙窑肚子里，把铁丝的一头拴在龙眼口，把盖子重新盖上，万事大吉，只等几小时后红薯熟了拉出来，就可以品味美食。

为什么说这是技术活呢，因为我曾烤过两次红薯，都以失败告终：一次窑内温度太高，烧焦了；另一次没把铁丝拴牢，红薯掉入窑肚子化为乌有。虽然没有烤成功过，但吃过别人烤熟的红薯，味道挺香。

两座建陶窑，如果不从我家院子这边穿过浑堂弄上去的话，也可以从大中街的中央楼上去，街边有石阶，走上去，顺着路穿过几排民房，登几层阶梯，便到了建陶窑的窑顶。从空间上说，龙窑就在中央楼浴室的上面。

上龙窑顶放风筝是童年另一件幸事。那时候没有商品风筝，是自己扎的最简单的那种方块风筝：三根细竹条用棉线绑成一个"干"字形，然后用糨糊（多数时候没有糨糊，就用饭粒）粘上一张长方形纸，再加两条细长纸尾巴，中间系上三角形的连线，再系上长长的棉线，就可以拿着跑上龙窑顶放飞了。有风的时候风筝飞得很欢快，两条纸尾巴随风上下起伏飞舞，似乎在推着风筝一会儿向上，一会儿左右地扑腾，惹得放风筝的孩子心花怒放。对于童年的我来说，那些风筝算得上飞得又高又远，心也仿佛随着风筝飘向未知的远方……

龙窑留给童年太多的记忆。1980年离开家乡去外地上大学，从此只有寒暑期短暂回家乡，不记得再去爬过龙窑。后来，听说龙窑没了，回乡时还特意爬了家后面的坡去看，两座龙窑，真的，再也不见了。

（2020年8月30日）

外公金山

外公家在宜兴南部丘陵山区一个叫东岭的山凹子里。那个地方如果起个类似"夹皮沟"一样的地名会非常形象，因为地理环境就是一条狭长的山沟，中间一条山涧，两旁没有任何开阔地带，沿着山涧和山脚刚好能建起一排民房。房前一条蜿蜒的小路，顺着山涧溪流，曲折连绵向上，抬眼一望周围全是无边无际的翠绿色竹海。

东岭只是民间对那个山沟的整体称呼，实际是由青口、邵坞、应家潭、邵家头几个自然村落组成。从青口开始，山路崎岖向南，弯弯曲曲，过了邵家头变成了登山道，这里就是小有名气的宜兴湖㳇"廿三弯"风景区。"廿三弯"是古代从宜兴翻越啄木岭，进入浙江长兴县的一条山道。山道弯弯绕绕，婉转曲折，非常陡峭，两旁全是高大的毛竹林，青翠秀丽，遮天蔽日，风吹过发出一阵阵竹叶的沙沙声。

啄木岭山顶是江苏和浙江的省界，立有一块界牌。翻过啄木岭，往下去就到浙江的水口村，那里有一个霸王潭纪念碑亭。相传当年楚霸王带兵征战时曾经行军走过这条山路，见此处有一清水潭，便伏下身去喝水，因此留下两对大脚印和大手印。我曾经拜访过此霸王潭，见楚霸王的脚印比大象的脚爪还大，不禁失笑，不过是古人趋附风雅，崇拜英雄豪杰，意象罢了。

外公出生在邵坞村。根据他的年龄推算应该生于1895年左右。全家挺高兴,给外公起了个大名"史金山",希望他富贵吉祥,屋里金满箱,谷满仓。

外公的母亲(我太婆)家在湖㳇。和东岭比,那时代湖㳇在宜兴是个大镇。湖㳇镇坐落在宜兴西南部丘陵和东边太湖之间的平原过渡带,处东岭北面,距东岭5~6公里。太婆的父亲是湖㳇镇上的一个私塾先生,太婆是独女。太婆的父母亲肯把独女许配给东岭史家,是看上史家有些根基和祖产,指望以后可以靠女婿养老。

但太婆的父亲失算了。外公的父亲,即我太公史生明,结婚后虽从家族分到了可观的家产,有房有地,但他不务正业,不喜欢劳动,却喜欢赌博,整天泡在湖㳇的麻将馆里搓麻将,渐渐的家底都被掏空了。

太婆的父亲当私塾先生,家里还算殷实,本来打算老了家产都给女儿女婿,一起过,眼见女婿这副模样,根本靠不住,对女儿女婿也就不待见了。

外公上面有一个哥和一个姐,哥哥叫史金文。在外公四五岁时,太婆因为贫病交加,抛下3个子女乘鹤西去。

根据外公亲述的童年往事,他儿时常常跟着太公到湖㳇赌场。太公赌博,他在赌场或附近玩耍。如果太公赢了,就会带他到附近面馆吃一碗面;如果输了,他就只能在晚上饿着肚子跟着太公一步一步走回东岭。

在外公10岁左右时,太公赌博把家里的房子也输给了别人。外公和他哥听到这个消息,知道马上就要来人收房,从此身无居处,急得直哭。村上好心人给他们出主意,让他们赶快去求债主。他俩连夜赶到湖㳇,找到那家赌博赢了太公房子的债主，双双跪着不起。最后那个人见两个孩子实在可怜，良心发现，免了收走外公家的房子。外公如此才保住了一个栖身之处。

后来外公的哥姐相继结婚后都离开家另立门户，只剩外公一个人跟着太公过。从小耳濡目染让外公也学会了搓麻将赌博，整天跟着太公泡在湖汶的麻将馆里。

如果外公一直这样赌下去，大概率就没有我母亲和我这一脉生命链遗传下去，也不会有我在此给他记事了。但事情就是如此富有戏剧性。外公说，某一天他在湖汶赌场里混了一天出来，突然有一种强烈的感觉，幡然醒悟，不能再这样混下去了，否则终身庸庸碌碌，一事无成，将要打一辈子光棍。

在回东岭的路上，他跑上一座山顶，对着大山发誓，以后再也不赌，一定要成家立业，发家致富。然后他从口袋里掏出骰子，朝山谷狠狠扔了下去。那时外公十四岁。

此后外公再也没有跟太公去过湖汶赌场，而是独自在家干活。

某个春末夏初，太公见家里柴火不多了，让外公去打柴。外公到了山上，见满山都是新竹掉落的笋壳。笋壳可以打草鞋、编蓑衣，等等，外公的姐姐很需要。于是他捡了满满一担的笋壳，晚上挑回了家，准备第二天给住在邵坞的姐姐送去。

太公一见柴火变成了笋壳，怒火中烧，对外公一顿毒打。

太公打外公正欢，太公的弟弟（我太叔公史生红），听到声音，从隔壁家里出来看发生了什么，见是他哥打儿子，便一声没吭又回家去了。

和太公的性情截然不同，太叔公刻苦持家，勤劳努力，虽然当年和太公分家后起步线是一样的，但那时太叔公家已经是东岭的大地主,而外公家则因为太公好赌而败落了。

外公无辜被毒打一顿,自己的亲叔叔又见死不救,让外公凉透了心。第二天他离开了家,跑到离东岭约3公里的青龙岗,投靠哥哥史金文去了。

外公从此跟着哥哥干活,吃住在哥哥家里。干了约半年,史金文怜悯弟弟,说,"山大,这样下去不是个事,你没有自己的收入不行,从此以后你跟我干一天活,我给你一根筹码(竹子做的一种签),你悄悄攒好,别告诉你嫂子,到年底我按筹码兑成钱给你,这样你将来也好自己成家立业。"

外公在其兄那里干了几年活,仗着兄长的帮助,积累起了一点财富。后来通过媒婆说亲,娶了丁山附近汤渡的一家陆姓姑娘为妻,回到东岭祖屋里成家立业。我外婆陆凤大,本是常州人,由于我不太清楚的家庭变故从小跟着在宜兴汤渡的奶奶过,也是个苦孩子。

外公刻苦耐劳,任劳任怨,家道渐渐有了起色。外婆也很争气,连着生了四个儿子。外公自知地主叔叔家瞧不起没落的他们这一族,一心要振兴家道,所以他给大儿子起名"定成",寓意事业一定要成功。二儿子起名"得成",那时家里已有起色,寓意得以成功。三儿子"益成",此时家道越来越好,更加成功了。待到生下第四个儿子时,家里已经富有,所以起名"家福",寓意全家齐享幸福。

我母亲排第五,是第一个女儿,据说外公喜得千金,非常高兴,对母亲宠爱有加。

外公为了家道中兴,吃了很多苦。那时候家里的收入,主要是靠出售山货,如家里山上种的毛竹、竹笋、茶叶等。农闲时,他还要出去"走伐脚",即跑单帮,赶着家里的一头骡子,到几十里外的浙江安吉山区运毛竹到湖汶,把毛竹贩卖给湖汶码头的商户,商户将毛竹装船,经过画溪河,进入西太湖,再走太湖往东北方向到无锡,往东到苏州、上海。安吉对外没有水路交通,毛竹便宜,运到湖汶就可以挣个差价。

据外公说,骡子驮一大捆竹子,他挑一担竹子,边赶着骡子边挑着竹子,走几十里崎岖山路才能从浙江安吉到江苏湖汶。骡子走路慢慢吞吞的,一步一步,因此边挑着担子边赶着骡子走,比单独挑担走要累许多。挑过担子的人都知道,顺着担子上下颠覆快步走反而相对省力。

通常是早上从东岭赶着骡子空担出发,中午到达安吉,担上毛竹,往回向湖汶赶,傍晚才到达湖汶,人和骡子都累得要趴下了。

最幸福的时刻是在码头卸完货,到他童年时就常光顾的湖汶那家面馆,吃一碗热腾腾的面。买了面,外公一定还要高喊一声:"要轻油重面"。这是告诉面厨子,少放些油,多放些面。这是旧时面馆里饿得慌的人宁愿多吃几口面而放弃一点油的一种选择。相反,不干体力活的人到店里可能会喊"重油轻面",这是因为多放些油,面和汤的口感肯定更好。

在我母亲下面外婆又生了两个女儿,分别取名云仙、荷仙。如果云仙活着的话,现在也该近80岁,儿孙满堂了。

二姨云仙是被家里的骡子踢死的。事情的原委是,那一年春节初一,大家高高兴兴起床后,穿着新衣,吃了早饭后,孩子们都去村里的史家祠堂拿果子吃。旧时的习俗,初一祠堂里会摆许多糖果,糕点等给小孩子拿了吃。小云仙大约5岁,跟着哥姐等刚出了门,家里的骡子不知怎么回事忽然发了疯,从骡子圈里冲了出来,一跳一跳飞快地跃过来,云仙躲闪不及,被骡子一脚踢出去几米远，当时就倒地昏迷不起，在床上躺了数天才恢复正常，但头上被踢出一个大血泡，比苹果还大，几个月后才消掉。头上这个血泡是云仙后来早殁的根源。

外公靠勤劳致富在东岭置办了两套楼房，还买了一些山地。大舅和二舅分别成婚后，各分一套。外公觉得山里地少人多，留在山里没有发展前途，便开始向外发展。他在我外婆老家汤渡购买了三间瓦房，十多亩耕地，带着其他未成家的孩子（三舅、四舅，我母亲凤仙，二姨云仙，小姨荷仙）移居到了汤渡。

刚到汤渡时，在山里住惯了的人不习惯种水田，也不习惯平原的气候，河水也喝不惯。因此我外婆带着女孩子两边待，一会住山里，一会住汤渡。

那时云仙十二岁，长得很漂亮。我没见过云仙，但我母亲和小姨都长得很漂亮，所以能想象云仙一定也是个很可爱的女孩。

一个夏天，外公带我母亲和小姨回山里，留下外婆、云仙、两个小舅舅在汤渡。母亲回忆，晚上正要上床休息了，听到咚咚的敲门声，一开门，是满头大汗的三舅，嘴里只会说一句话，云仙不行了，云仙不行了。

外公急忙带着一干人连夜往汤渡赶。那时候没有汽车，没有自行车，没有电话，都靠两条腿交通和传递消息。汤渡在湖汊东边4公里，离东岭约10公里，疾走约2小时能达。

等外公一干人赶到汤渡，可怜的云仙已经咽气了。

据外婆说，云仙那天本来什么事也没有，一天都好好的。吃过晚饭后，她说头疼，然后越来越疼，疼得在床上打滚，最后就昏迷不醒，没了。

懂医的说是云仙头上被骡子踢后,脑血管里留下了血瘤。成长的过程中血瘤突然脱落,堵塞了血管造成的。

云仙殁后,外婆伤心至极,每天流泪不止,最后得了眼病,后来我母亲偕着她从汤渡搭乘到无锡的班轮,经无锡医院眼科治疗、开药才治愈。外婆本来身体较胖,可以称为胖子那种,也因为思念云仙悲痛过度,变成了身体非常清瘦的一个人。我儿时对外婆的印象就是她很瘦。

外公家人丁兴旺,儿子又多,又吃苦耐劳勤奋,家里逐渐发达了。外公供三舅史益成到湖北武汉上了大学,毕业后在湖北从事煤炭地质勘探工作,是本家族出的第一个本科大学生。前面提到的史家太叔公的孙子,史克方,也和我三舅一起走出了大山,上了大学,后来当了无锡师范学校校长、江南书画院院长。表舅史克方的笔名为史可风,写得一手好字,无锡梅园和鼋头渚诸处都有他题写的匾额,在无锡有一定名气。

外公在东兴附近的当园岭和张公洞附近的玉女山庄各买了两大片山,种了许多杉树和板栗树。外公比较有发展眼光和前瞻性,当年在买下汤渡三间瓦房时,把后面一片小竹林、几亩地,也同时买了下来,心里盘算着等玉女潭的杉树成材后,后面就造一排五间两层的楼房,就气派了。母亲回忆儿时的幸福时光,记得外公经常乐呵呵地对母亲说,凤仙,再等两年,板栗能吃了,杉树都长成了,那时候多开心哈……

他们终于没等到吃自己种的板栗和砍杉树造楼房的那一天。

外婆殁于1972年,由于中风。

外公殁于1977年。

在整个家族中,我最像外公,继承了他不屈不挠、坚韧不拔、勤奋努力、勇于开拓和创业的进取精神。

童年印象深刻的一瞬:我六七岁时,到汤渡外公家,外公把我跨骑在他腿上,拉着我的双手,推我一合一起,逗我开心,边哼着宜兴乡下的童谣:

> 牵笼,
> 带磨,
> 油杏,
> 送外孙,
> 外孙囡妮没有牙齿,
> 吃堆烂狗屎,
> 烂狗屎孬吃,
> 扔到田里沃蚕豆,
> 蚕豆开开花,
> 笑死个老娘家,
> 蚕豆不开花,
> 气死个老娘家。

我听着咯咯笑得前仰后合。外公哼完,嘴里又叨唠:"以后外公死了,要记得到我坟上多磕头哈,看,这样子,硌咯笃,硌咯笃……"

下次回宜兴又该去墓地看望外公外婆了。

(2020 年 5 月 5 日)

表 妹

表妹是我小姨妈的大女儿,和我同龄。

外公家在江苏宜兴一个叫汤渡的小集镇。六十年代三年自然灾害困难时期,家里都快揭不开锅了,于是急急忙忙在浙江长兴城边农村找了一家农民,把姨妈匆匆嫁了,为的是有口饭吃——那时浙江情况比江苏强。

我外公家原来也是大户,有许多田和山,现在宜兴玉女山庄那里有一座山是外公家的。我妈和姨妈被称为史家大小姐、二小姐。

小时候见到年轻的小姨妈,长得很漂亮,姨夫却又矮又小,老实巴交,觉得这样一个漂亮女人,只身下嫁到外省农村,实在是委屈。姨妈是否因此对外公外婆有过怨言,我不得而知。从大人零零星星、陆陆续续的说话中,我对姨妈形成的印象是:虽然单身嫁到外地,但很要强和能干,一步步抓住机会从农村民办教师变成了公办教师,赢得了姨夫家族那边和村子里的尊重,都是一口一个"史老师"地叫着。

姨妈生了两女一男。大女儿,也就是我要说的大表妹,青出于蓝胜于蓝,生得比小姨妈还要靓丽。姨妈心灵手巧,能裁剪缝纫,给大表妹穿戴得十分出色,虽是农村人,但一点也不比城里人逊色。

童年时逢年过节或是亲属办喜事,表妹会来宜兴,我们就有机会见面，一起嬉戏。但记忆中，和表妹见过面的机会总共也不会超过10次。

记忆中的表妹，明眸皓齿，清纯美丽。最近无意中见到一张86版《红楼梦》中林黛玉扮演者陈晓旭的相片，立即想起了年轻时表妹的模样，可见一斑。

星移斗转，初中、高中、本科、研究生，忙忙碌碌，中间有很多年再未见过表妹，彼此淡忘了。

再遇表妹，是读研究生时一个暑期，某一天表妹一个人郁郁寡欢地来了我家。妈妈私下和我说了原委：表妹在长兴城里一个厂里打工，和一个男孩恋爱，被姨妈知道了，坚决反对，马上让表妹辞了工作回家以此和男孩断绝来往。表妹是个乖巧、听话的女孩，无法反抗母命，回家后闷闷不乐。姨妈于是安排她到我家住几天散散心。

那时候年轻不谙世事，真的不知和没法为表妹做什么，只记得带着表妹在丁山街上闲逛，坐店里吃冰激凌，站路边吃西瓜。现在回想，表妹那时内心该有多么痛苦。

提一个小插曲：那天表妹到我家来，因为多年没来不太认识我家位置，在院子里向邻居询问才找到。后来邻居半开玩笑说，一看以为来了个演员呢，原来是你家侄女。

后来表妹听从母命，嫁给了村里一个农民，老老实实地过日子。结婚后，表妹夫来过我家，表妹没有来。浙江当地风俗，婚后丈人带着女婿到老家拜访女方亲属。表妹夫长得白白的，个子也高，在农村算是一表人才了。表妹对这桩婚事的内心态度，对婚姻是否满意，婚后是否幸福，我不得而知，大概也没人关心。地方上人说，能一起过日子就好。

再见表妹是她结婚几十年后的事了，我从美国回来后到长兴拜访小姨妈。这些年表妹家的情况可以总结为：夫妻还算恩爱，育有两个女儿，都如花似玉的，有段时间生活比较艰辛，夫妻两个管理一个葡萄园，起早贪黑，还遇到市场不好，急得团团转，最后还是姨妈拉他们一把。表妹已经完全没有女孩时的靓丽灵动，脸上写满了辛苦、劳累。

但天无绝人之路，最近几年表妹家情况大为改观，长兴市进行周边农村城市化改造，拆迁到了她家，她家的房和地抵了3套房子，全家高高兴兴。3年前去长兴，到表妹家，看到了她家的大房子，两开间三层楼，装修得虽不能说富丽堂皇，但也非常讲究。我看了从心中由衷地为表妹高兴。

从姨妈和表妹身上，看到了两代女性，有着何其相似的命运。

（2016年10月26日）

紫　兰

紫兰是我儿时一个邻居家孩子。当然，看名字就知道这是个女孩子。

说是邻居，跟我家还是隔了两个院子的，但都在宜兴丁山大中街的酱园背。

今年春节回老家过年，大年三十灰蒙蒙的下午，到儿时住过的酱园背独自流连了一下。紫兰儿时的家就在那条石皮路的巷子里。中间经过紫兰家门口，特地在她家门口停了一会。记得儿时进去过她家几次，但忘记是为什么了。

许多童年往事都浮现了出来。

她比我大两岁，和我哥哥差不多同龄。

很早就注意到她，是因为进进出出那条通向酱园背的集贤弄，不经意间总能遇见她。

她身材很苗条，女孩子家十多岁的年龄，看一眼就能做此判断了。长着很精致的鹅蛋脸，很好看，走路特别文静，款款的。

后来我上高中的时候，她经常到我家，证实了我当初看她几眼就做出的判断：说话特别温柔，轻声细语，总是笑脸嫣然；眼睛有点期期艾艾，让人特别怜惜的样子。

她经常到我家，是因为她高中毕业后到了我妈单位里工作，商业条线里会计、出纳一类的工作。

有一次傍晚她又来了我家，是晚上要和我妈一起去看电影。她看到我，笑嘻嘻的，甜甜地轻声说，小强在家啊。

看出来，我妈挺喜欢她的。其实我们都很喜欢她。

小孩子是大人下巴下的鬼。我听到一点类似的风声说，有人要介绍紫兰给我哥哥。还介绍个什么，早就都认识，我心里想。

紫兰做我嫂子的话，我是一百个愿意的。

我相信紫兰心里也一百个愿意。

后来我上大学，家里的事都不知道了。不知道为什么，本来有那么点风声的事，最后都成了浮云。

很多年后，2000年初，我从美国回来探亲。我母亲和我絮絮叨叨间，提到了紫兰，叹口气说："紫兰命不是很好，嫁了人，其实其他都还好，生了个女儿，但女儿先天有缺陷；为女儿治病，生活得很累。这么个文文静静的女孩，真是可惜了。"

我听了，也只能暗暗叹口气。

大约2012年春天的时候，我中间回丁山老家。傍晚和我妈一起从蠡园小区散步往外走，迎面走来一对夫妻模样的，也是散步。女的一见我妈，老早就甜甜地叫了一声："史会计，散步啊。"

我妈赶紧向我介绍："这是紫兰，你还能记起来吗？"又对紫兰介绍："这是小强，你们许多年没见了。"

我当然记得了。只是现在的紫兰，很难再和当年她留给我的记忆联系起来了。她还留着少女时那样的长发，但已经花白，也不染。只有说话的声音依然和少女时代一样，文文静静、甜甜的。

紫兰和我互相问候着，大家往路边移一移，聊了一会，就匆匆别过了。

我心里忽然飘过一阵说不清的伤感，散步也不那么愉快了。

今年春节回家，回去时已经是小年夜了。我妈又和我絮叨各种事体，忽然声音沉了下来，说，你知道吗，紫兰走了，得了乳腺癌啊……

紫兰的事，让我闷闷不乐。大年三十的下午，阴沉沉的天，灰蒙蒙的，还飘了一点点的小雨。我出去散步，不经意地就往酱园背去了。

或许就是想去看看紫兰儿时的家吧。

我们人类会伤感，是因为一切曾经的美好，随着时间的流逝，都成了过去，都成了泡影。就如河边开放的一株桃树，鲜花盛开，一幅美好的场景。然后花落了，掉在河里，随着河流漂向远方，无声无息，宛如从来什么也没发生过。

如果我不把这段文字写出来，可能永远没人知道，曾经有过一个叫紫兰的美丽少女，来到过这个世界，就如一朵兰花一样，美丽绽放、飘香。但现在已经凋落，掉进河里，随水流走，不可找寻了……

那么人生的意义，宇宙的意义究竟是什么呢？

我思考了半天，答案似乎是：从历史、哲学、宇宙的高度和观点看，应该是爱或爱情；人类只有爱情是永不过时的话题；3000多年前《诗经》中的爱情诗到今天还被津津乐道，今天最美妙的爱情故事等3000年后还同样会被传诵。其余一切，最终都是浮云。

霍金曾说：正是因为你爱的人住在这里，宇宙才有了意义。

或许可以为我的观点做个注解。

（2018年3月25日）

童年往事——蚂蚁小人物

……我们的生活深度，取决于对年幼者的呵护、对年长者的同情、对奋斗者的怜悯体恤、对弱者及强者的包容。因为生命中总有一天，我们会发现其中每一个角色，我们都扮演过。

——乔治·华盛顿

童年时有些乖张，比如，趴地上看蚂蚁打架。于是被大人判为不聪明的孩子。因为贪玩，衣服和脸面不干净，被班主任归入笨孩子行列，小学一年级时，班上90%的学生已光荣加入红小兵（即少先队，在江南宜兴称红小兵），我还没有，直到学年快结束时才有幸被组织接纳，戴上了日思夜想的鲜红的红领巾。

8岁上小学前，有段时间，白天父母上班，老兄上小学，妹妹上托儿所，就我是无业游民，成天独自闲逛，甚是悠然自得。本不该成为无业游民，而应上幼儿园大班，但在上中班时，某次园里组织打防疫针，我害怕打针，逮个机会，悄悄溜出去，逃回了家，再也没回去。

因为无所事事，又没啥娱乐，有时就蹲在院子里，研究起蚂蚁。我发现院子里有两种不同种类的蚂蚁。一种是江南比较普遍的"黄蚂蚁"，身材小小的是工蚁，为数众多，其中还夹杂着少量大蚂蚁，身材硕大，是小的4～5倍，当地人称之为"大头蚂蚁"，后来知道它是兵蚁。工蚁和大头蚂蚁的数量比例大约是 20:1，也就是说见到 20 只工蚁才可能见到一只大头蚂蚁。如果一群蚂蚁浩浩荡荡，大队人马出动，一般不是因为发现巨大的食物，就是和别种蚂蚁开战。

我一直不太理解的是，同样都是蚁后生的蚂蚁卵，是如何控制有些卵发育成侏罗似的工蚁，而有些则发育成牛高马大的大头蚂蚁的？以及它们的数量比例关系？

院子里还有另一种蚂蚁——"疯蚂蚁"，身体发黑，细长，身材比黄蚂蚁中的大头蚂蚁略小，是工蚁的 3 倍左右。疯蚂蚁的数量和分布广度远不如黄蚂蚁。黄蚂蚁在院子里到处都存在，而疯蚂蚁则只在我家后院阴湿的墙边活动。疯蚂蚁的活动习惯和黄蚂蚁也不一样，一般是单个活动，而黄蚂蚁经常是集团活动，成群结队。单个黄蚂蚁工蚁探头探脑地到处走动，一般是侦察兵，在寻找食物来源或战机。

疯蚂蚁虽然很低调，尽量不去侵占黄蚂蚁的地盘，但黄蚂蚁依靠人多势众，还是对疯蚂蚁不依不饶，只要遇见，就对疯蚂蚁群起而攻之。单个工蚁不是疯蚂蚁的对手，但这两种蚂蚁一旦相遇，工蚁虽明知自己不敌疯蚂蚁，还是极其勇敢，奋不顾身地冲上去，盯住疯蚂蚁就咬。疯蚂蚁不敢恋战，边逃边反击，通常一口就把工蚁的头咬掉了。工蚁没了头，但身体还是坚决地缠住疯蚂蚁不放，拖延疯蚂蚁的逃跑时机，等待同伴前来攻击。不知为什么，陆陆续续不断有工蚁赶来加入战斗。咬住疯蚂蚁的工蚁越来越多，有的咬住疯蚂蚁的腿，有的咬住身体，有的咬住头，好一阵激烈厮打。随着战场上留下身首分离的工蚁尸体越来越多，疯蚂蚁渐渐体力不支，最终被工蚁们咬得支离破碎。数只大头蚂蚁也兴冲冲赶来参战，并和大家共享战斗胜利的喜悦。

我做过实验，单个大头蚂蚁对抗单个疯蚂蚁，大头蚂蚁取胜。单个大头蚂蚁对抗 2～3 只疯蚂蚁，两败俱伤。单个大头蚂蚁对抗许多疯蚂蚁，结局和单个疯蚂蚁对抗许多工蚁一样，最终大头蚂蚁被咬得支离破碎。

实验方法是用一块肉骨头，吸引蚂蚁，待上面爬了许多蚂蚁后，捡起蚂蚁快速扔进一只玻璃瓶里，盖上盖子。用这种方法吸引不同种的蚂蚁，放到一只瓶子里，静观战争爆发。

工蚁勇往直前的大无畏精神从小就给我深刻印象，觉得甚至值得我们人类学习。大学时看甲午战争书籍，读到决定战争胜负关键的朝鲜平壤战役，清军稍做抵抗就大溃败，统帅叶志超带头逃跑，一面跑还一面脱去军装换上朝鲜服装这一段时，气得直想骂娘！心想如果这群贪生怕死的懦夫哪怕有蚂蚁十分之一的英勇顽强精神，甲午战争的走向和结局，及近代中华民族的命运，恐怕也不会如后来那么凄惨！

乐于观看蚂蚁战争是否也多少包含人类天生的动物残忍本性在内呢？我觉得是。回忆起来，童年还做过一些别的残忍的事，比如，和几个孩子抓住几只蝙蝠，架起来用火活活烧死。

儿时家乡镇上有个残疾女性，年龄大约 20 多岁。那时极不尊重残疾人，称她为"残废人"，不仅如此，好事之人给她起了个比"残废人"还难听一百倍的绰号："大头菜"，以形容她矮小，侏儒，腰还罗锅，腿有残疾，走路一瘸一拐，恍如一株扁圆的大头菜滚过来。想想那位能精准抓住人的特征给残疾女性起这样绰号的家乡人，真是有"才"！

大头菜生有残疾，已非常不幸和悲伤，还得蒙受无尽的取笑和嘲弄。记得儿时走在街头常能碰见大头菜。场景经常是，

她摇摇摆摆在前面踽踽独行,后面跟着一群顽童,保持10多米的距离,嘴里使出吃奶力气齐刷刷叫喊:

"大头菜,马桶盖,借给我盖一盖。"

大头菜有时装着没听到,只管走。有时候气不过,停下来,转过身,和孩子们对骂:"你是大头菜,你是马桶盖……"

大头菜一回骂,顽童们仿佛爱斗的公鸡遇到了对手,又如打了鸡血般立马更加来了劲,叫喊声此起彼伏,更加响亮和频繁。

大头菜忍耐不住羞辱,便杀将过来,作势抓住个把顽童打一顿报复。见大头菜追来,顽童们一哄而散,四处逃窜。顽童们一个个兴奋异常,脸红耳赤,从逗弄残疾人中获得的"快乐"达到了顶峰。大头菜跑得慢,一般是抓不住孩子们的,但有一次,她居然抓住了和我在一个阵营里叫喊、逃跑反应速度慢了半拍的小堂姐。我已经跑远了,一看堂姐被抓,便返回去眺望。只见大头菜一手捉住堂姐,嘴里骂着脏话,一手挥舞着在堂姐头上比画着扇了多下,最后才心满意足地把"俘虏"释放了。堂姐吓得呜呜大哭,跑了回来。大头菜终于逮住机会教训了一下我们这帮顽童。

后来长大,上了中学,几乎没有大头菜的印象了。再后来,大约是上大学后某个暑期回家,听母亲唠叨,说大头菜走了,很凄惨:清晨有人在镇子北面煤球厂的小河边,发现她倒在石阶上,没了气。

胡适说,你要看一个地区的文明,只需考察三件事:第一看他们怎样待小孩子;第二看他们怎样待女人;第三看他们怎样利用闲暇的时间。

由大头菜的悲惨命运，我觉得应该再加一条：看他们如何对待残疾人士。

幸运的人一生被童年治愈，不幸的人用一生治愈童年。李柏松的人生就是这句箴言的最好诠释。

李柏松是儿时的邻居，比我年长约6岁。柏松上有3个哥哥，她母亲生下他时，他是家里老小，在家也是得宠的很呢。

但他的命运突然改变了：柏松3岁时，他母亲生了一个妹妹，小荷仙。

小荷仙乖萌可爱，又是家里唯一女宝，这一下成了全家的中心，说集三千宠爱于一身也不为过，柏松则成了家里粪土不如的多余货。

我下面所记述的李柏松的轶事完全真实，没有半点虚构，也不是道听途说。

柏松从此在家里处处不受待见，样样不入他母亲的法眼，被母亲百般嫌弃，经常打骂，最后他在家里实在待不下去，就逃到他父亲工作单位里，占据了一个角落，吃住在里面。那时柏松大约12岁，生活尚不能自理，满身又脏又臭，长了许多虱子。单位里的人看不下去，经常带些旧衣服、旧被子扔给他。

即使在单位里，只要柏松的妈一来，他就如老鼠见猫般立即逃之夭夭，不见了踪影。因此大人有时拿他开玩笑，说一声，"柏松，你妈来了"，柏松立即吓得四处逃窜，大人们开心得一阵哈哈大笑。

某一天，柏松不见了，不知去了哪里。那个年代很奇怪，少了个孩子也没人在意，就不了了之了。

过了若干年，浙江湖州来了一对老夫妻，找到柏松父亲的单位里，柏松失踪的来龙去脉才揭晓：由于得不到家庭和亲人的温暖，李柏松再也不想在家乡待下去了，小小年纪便一个人出去流浪。他沿着太湖边往南，朝浙江方向走，边走边讨饭，一路到了湖州。某天讨饭到一农户人家，这家只有一个女儿，见柏松看上去像模像样好好的一个男孩子，便收留了他，一则出于同情心，二则留了一点思想，或许将来可以给他家做上门女婿。

谜底既已清楚，柏松的父母跟着柏松的养父母去了一趟湖州，见到了柏松。柏松没有立即回丁山，而是继续留在了湖州。他们两家从此还时常走动，柏松的母亲如走亲戚一样去过几次湖州。我童年时听大人说起柏松的母亲"如走亲戚一般去湖州"这段子，说的人和听的人脸上都浮起不屑和鄙视。世界上真的不仅什么人都有，且什么样的母亲都有！

后来的详情我就不清楚了。知道的仅是，柏松还是回了丁山，我曾在巷子口遇到过他。他最终没有娶湖州养父母家女儿为妻，而在丁山娶了妻，开了饭馆，听说有一阵子生意还挺红火的。但他终究不入调，有点钱后就开始在外面瞎混，最后落惨了。柏松的大结局竟然和大头菜殊途同归：大约在我研究生毕业到南京高校工作后，1992年左右，也是某个暑期回家时，听我母亲哀凄凄地说："柏松死了，早上被人发现倒在一个公共厕所里，断了气。"

人的命运或许真的冥冥之中注定了的。李柏松从小被家庭诅咒，被亲生母亲诅咒，他的悲惨命运和结局从出生起，就如编好的程序一般，定了。

（2020年9月20日）

中学时代——匆匆那年

> 那些过往的时光,
>
> 那些关于青春的记忆,
>
> 我们不曾离开过……

1976年底我从江苏宜兴丁山小学六年级,相当于丁山小学办的临时初一年级,转校到丁蜀中学初一(6)班。班主任是蒋亚东老师。蒋老师当过高我两届的我哥哥的班主任,见面说,高国强,你是高国平的弟弟。

第一天上数学课,是一位女教师,原谅我忘了她的姓名,教我们解二元一次方程。由于转学前的丁山小学六年级教学进度慢半拍,还没教一元一次方程,于是我听得稀里糊涂。回家做数学家庭作业,临时抱佛脚,边看书边问我老兄,居然全弄通了。

第二天刚好数学考试,主要内容是解方程。等考试成绩出来,数学老师在班里宣布,全班只有三个及格的,高国强同学考了99分。老师语气有些气急败坏:"说我教得好吧,全班只有三个及格的;说我教得不好吧,还有学生考99分。"

教英语课是陆群英老师。彼时陆老师大约芳龄24,正年轻貌美,气质优雅。她是上海人,下放到江苏常州农村插队,后从镇江第二师范学校(常州市武进区)外语专业毕业。陆老师的英语课班上纪律出奇的好，平时那帮调皮捣蛋、有多动症的男孩，居然能静静地听课。

我数理成绩在班上遥遥领先，但英文却一般。大概陆老师打听清楚了这一点，有一次把我叫到她办公室，在她桌子前站好，听她训话，让我不要重理轻文、偏科，英文也要在班里做带头大哥。我可老实了，她说一句我赶紧点几个头。从此对英语学习认真起来，英文基础就是在陆老师时代打下的。

陆老师让我感悟，美也是一种力量。陆老师给我们上课或训话时她心里或许想，看我的美貌镇不住你们这帮调皮蛋子！陆老师让我猜想，男生可能会悄悄喜欢自己的漂亮女教师，尽管男生一般不敢承认。

不知何时起陆老师不上我们班的英语课了。后来听说她嫁到邻省浙江湖州市，先生是个部队军官，她从丁蜀中学转到湖州师范学校。再后来，2018年三月份在家乡宜兴初中同学聚会时听说，陆老师因癌症已于十多年前就离开人世了。

陆群英老师让我想起初春后一树一树的花开，那样美丽璀璨，明媚鲜艳，绰约多姿；待春天过后，她们凋谢了，零落了，随风飘走了……

升初二不久，学校开始分快慢班，我和两位女生，庄勤初和周志远，被分到快班初二（2）班。离开初二（6）班时，班主任蒋亚东老师语重心长地向全班同学解释分班的原因和意义："有些同学吃不下，有些同学吃不饱。比方说上次物理考试，全班就两个及格的，高国强同学考98分，×××同学考77分，其余都不及格。只有分快慢班才能各得其所。我们欢送高国强、庄勤初、周志远同学离开我班去2班。"

于是我拎着书包，起身，离开座位，在众目睽睽下走出了6班的教室。奇怪的是，本应该觉得光荣的事，我离开教室时却觉得灰溜溜的，仿佛是被蒋老师赶出了教室。我后来想，刚转校过来和6班的男生混熟了，又被强制分开，有一种失落感吧。

进了2班，一抬头，见到我暗恋的一个女生也分到快班来了，心里一阵高兴。女生和我从丁山小学一年级一直同班到六年级，后来我转校到丁蜀中学初一才分开，没想到现在又同班了。一年多没见更加出脱得成大姑娘了。虽然那时候班上男女生是一副老死不相往来的样子，但每天能看看女生总比看不到强。

果然快班的学习气氛就是浓厚，学校把最强的师资用在了我们2班。潘文生老师担任我们的班主任，周定一老师教化学，毛盘明老师教我们数学。周定一老师是整个宜兴县里德高望重的老师。我在周老师的化学课上第一次知道了元素周期表、氧化还原反应、中和反应、石蕊试纸。实验课上周老师手把手地教我们第一次用滴定管进行酸碱滴定。我后来进入了化学专业，基础是在周老师的化学课上打下的，要感谢周老师的化学启蒙教育。

初中毕业后升入丁蜀中学高中（1）班，仍然是学校的尖子班，第一任班主任是周华仙老师，教我班数学。我个子高，坐最后一排。最后一排的几个高个同学，如杨顺洪、绍志强、陆军等，曾被周老师戏称为"你们几个呆头鹅"。从此见到鹅就觉得我是它们的同类。

班上数学尖子是陈亚强同学。我偏爱物理，因此物理是我的最拿手科目。但有一次数学期中考试后，周老师站在讲台前，挥舞着两张试卷，用宜兴家乡话说："陈亚强和高国强两位同学考100分,两个强,真佬强佬。" 呆头鹅迎来翻身解放的时刻。

语文老师是潘文浩老师,一听名字就必须是教中文的。潘老师最得意的学生是曹静陶同学,作文写得好,经常被潘老师当范文在班里读,眉飞色舞地称赞有文采。曹同学因此在我心目中形象逐渐高大起来,终于完成蜕变,成为曹文豪。

潘老师读完曹同学的作文还经常不忘顺带批评几个语文课不认真、开小差的学生,我曾被潘老师拎出来作为重理轻文,学习存在偏科问题的典型人物批评教育过。我心里有些不服,一次写作文时,一反常态,把数理化丢一边,用心用力用时,炮制出一篇像模像样的文章。下一节语文课时,潘老师兴高采烈,拿出我的作文,读了起来;读完,潘老师颇为得意:"说明只要上课认真,态度端正,不偏科,就能写出好作文。" 潘老师验证了他的教育方法取得成功,比我写出一篇好文章还高兴。

那时的丁蜀中学校舍略为简陋,均为单层建筑,黑瓦白墙,不管学生教室还是教师办公室外面都有廊檐,由间隔的立柱支撑。学校布局非常整齐,由校门进入后,一条石皮小道从中央贯穿,迎面是一字型的教师办公室,中间开一个门洞,穿过门洞进入主校区,正面是学校礼堂,左右是呈一字型整齐排列的学生教室,左右各有3~4列,每列有4~5间教室。中央大道两边各有一列报栏,上面刊登报纸、新闻、学生来信,等等。

高二某天看到学校报栏里张贴了一封79届毕业上了大学的学长给母校来鸿,信开篇一句"逝者如斯夫……"我读了不禁哑然失笑,你老兄才毕业离开学校区区几日,年纪轻轻,就装孔子感叹光阴似箭、日月如梭,也未免太矫情了吧。那季节时间于我们少年学子,一抓一大把,不是太短暂,而是过剩，我每天只嫌时间太慢，盼着高考快些到来，毕业快些到来，未来快些到来……

进入高二班主任换成了余寿松校长，可见学校对我们高二（1）班格外重视。那时学校把高考录取率当作学校最重要任务抓，80年的高考升学率就寄托在我们1班和2班上了（记得2班是文科重点班）。我们在余校长的亲自"督战"下，整天埋在书山题海里，三天两头模拟考试，家庭作业做到晚上11点后是常事，眼里脑里全是数理化，记忆中1979—1980年错过了镇上几乎所有的文娱活动和影视节目。当然也错过了班上的女生，把本来或许可以谈一场恋爱的季节，全耗在了冷冰冰的数理化习题上。

转眼高考结束，高中毕业，我成为进入大学的那4%幸运者，如我少年时所愿，离开了丁蜀中学，离开了同学，离开了家乡，进了大学，后又到上海读研究生，毕业后分配到南京某高校任教，数年后远涉重洋到美国攻读博士，再到得克萨斯大学奥斯汀分校做博士后，再后来到美国休士顿太空宇航中心工作；天涯海角，远离滋养我的故土，越走越远……

数年前从美国回大陆探亲，专门回了趟丁蜀中学母校。但一切都已经变得陌生，当年的教师办公室、学生教室、礼堂、报栏、食堂、简陋的用黄石筑的游泳池、大操场和小操场，都已经不复存在，代之以一栋栋崭新的建筑精良的大楼。

可是，我们记忆中的母校不就该是那些略显简陋、朴素的一排排平房吗？不就该是那些有着木制的窗户，冬天不能完全挡住呼呼的北风，吹到窗边座位上一张张稚嫩的脸上，脸通红，耳朵通红，下课后因脚冻得麻木而斗鸡取暖的黑瓦白墙的建筑吗？还有，我终于感同身受了当年学长写给母校的信中"逝者如斯夫"的深意,也想写一封同样感叹"逝者如斯夫"的信给母校,但那长长的报栏去了哪儿呢?

那一刻,如果时光能倒流,我愿意回到当年。我看到还正壮年的蒋亚东班主任对我说,高国强,你是高国平的弟弟;我看到年轻美貌的陆群英外语老师走进初一(6)班教室,用轻灵的嗓音对我们说 Good morning!然后转过脸对我说,高国强,下课后跟我来办公室一趟;我还看到年富力强的周华仙老师挥舞着两张数学卷子,说,两个强,真佬强强佬……

晚风吹过,我们早已不再年轻。真不敢相信我们60后这批人也会老;这批人最不该老!我们曾豪气干云,跨越大洋,遨游四海;我们曾理想闪光,有诗和远方,直到今天仍保留一颗年轻的心,等待飞燕归来的春天,那是一代人的春天和芳华啊!

姹紫嫣红的春光固然赏心悦目,却也抵不过四季流转;唯有我们的心灵可以栽种一株菩提,四季常青。

    匆匆,我们相遇。
    明天,就要各分东西。
    梧桐树筛下,多情的泪珠。
    送上我的祝福,留下你的希冀。
    啊人生,短暂的,珍贵的邂逅,
      像飞逝的流光,
       永久闪烁,
      我的心际。

(2020年1月13日)

生活不只是诗和远方,还有宜兴团子

江苏宜兴地区的习俗,过年前家家户户做团子。以前都是约定俗成在小年夜这天做,现在不拘一格,过年前几周就有人家陆陆续续开始做了。江南人所谓"小年夜"是指除夕(大年夜)前的一天,和北方人的"小年"是两码事。

每家每户都要做大量的年团子,用掉百斤甚至几百斤米粉,是个大阵仗。至于这一传统的来历,不妨遐想一下:古人过年做许多"团子",既可以取个团团圆圆吉祥好兆头,又可以在辛苦劳作一年后享受到团子这样的精美食品。不仅如此,团子易于长时间保存,以后要吃时拿几个在水中煮沸即可,非常方便。所以我觉得团子还是先辈们制作的一个年头上用的方便食品,类似于现代方便面的角色。

宜兴团子很有独特风格,其形状、选的米粉、包的馅料和北方的元宵及附近地区如上海、宁波、苏州等地的汤圆都不一样。

宜兴团子选用约60%的糯米混合40%的粳米,磨成粉,这样做出的团子柔中带刚,糯硬适中,蒸出来能保持上圆下平的形状,有点像窝窝头,与元宵和汤圆的球形是不一样的。宁波汤圆和苏州团子都是选用全糯米粉,所以非常黏和糯,形状软塌塌的,保持不了宜兴团子那种力杀杀的挺拔样子,因此汤圆只能在水里滚开,不能上笼蒸。

宜兴绿团子是在米粉中揉入了一种称为苎麻的叶子。这个在夏天就开始准备，摘下翠绿的苎麻叶子，用熟石灰拌和，揉搓，然后储存在坛子里封口备用。苎麻香气天成，据说还有保健作用，比苏州绿团子揉入菠菜叶子有嚼劲，香味浓郁多了。绿团子未蒸前翠绿可人，蒸熟后则变成了墨绿色，清香扑鼻。

苎麻在宜兴的丘陵里、乱山岗上到处都是，连我宜兴鼎蜀镇老家的院子里都有，且割了又长，因此取材极为方便。

用苎麻叶子做食品的染色和芳香添加剂，大概绝无仅有，是宜兴人民的独创！苎麻，荨麻科苎麻属亚灌木或灌木植物，其别称有：野麻、野苎麻、青麻、白麻。苎麻是中国古代重要的纤维作物之一。

团子馅料传统的有全肉、菜肉、芝麻甜油酥、芝麻咸油酥、萝卜丝、豆沙等，通过团子的颜色、形状加以区分，挺有规则，如：白色圆形的是菜肉的，白色上面捏一下像牛鼻子一样的是豆沙的，白色上面翘一根小辫子的是萝卜丝的，绿色圆形的是芝麻甜油酥的，绿色捏鼻子的是咸油酥的。绿团子和芝麻甜油酥是天生绝配，香气平添了浓重的年味。

童年时过年家里做团子、蒸团子、吃团子，是一件充满快乐、向往的大事。家里做团子时全家都忙碌起来，有时候亲戚朋友还要来帮忙，热热闹闹的。大家揉粉的揉粉，做团子的围着个大竹匾做，蒸团子的在炉子边烧火，把炉灶和大铁锅上的蒸笼烧得热气腾腾，蒸汽直冒，顿时就有了节日气氛。小孩子家则东跑西窜，或帮帮小忙，主要就是使劲吃团子。记得有个堂哥因为太贪吃，做团子当天一下子吃了10多个，后来多少天都没法消化，那个春节对他算是废了。

团子蒸好后，连笼带团子往桌子上一放，立即拿把大芭蕉扇使劲扇，团子表面突然一凉，变得贼亮贼亮，好看极了。我小时候最爱干的事就是扇刚出笼的团子，看着团子在扇子上下左右啪啪声中一个个变得亮亮堂堂，又顺手拿起一个塞进嘴里。

团子自然冷却后变得很坚硬，一个个铁坨坨似的，然后将它们转移到大陶缸中，倒入干净的冷水，将团子没入水面下，这样团子可以保存数个月不坏，不开裂。吃的时候取出几个放到锅里加水煮开几分钟，团子即回软，柔润可口如初，食用非常方便。我记得小时候家里的团子一直能吃到3月底。

说起团子，不由得想起了另一个团子。我妹妹小学时有个很要好的女同学，姓谭，于是得了个绰号"团子"；江南人发音谭和团是一个音。团子三天两头泡在我家和我妹妹玩。因为都叫她团子，所以有一阵子连她的真名都不记得。某一年春节，早上听到我妈在外屋喊了一声"团子来了"，我以为团子煮好可以吃早餐了，跑出去，一看，原来是来了个不能吃的团子。

去年我妹妹从美国回来，和她的几个老同学聚会，因为她们还是小丫头时我就都熟悉，我也去了，又见到了团子。许多年没见团子，大家特别高兴，只是当年如青团子似的小女生们，如今也都人到中年了，真是流年似水……

团子给童年留下了太多美好的记忆，几乎成了童年的一部分了。昨天看了同学发在群里的团子图片，一个个圆头圆脑，憨态可掬，忽然觉得挺像某位名人的大头娃娃样，于是瞬间闪过下面这句话："生活不只是诗和远方，还有宜兴团子。"

（2018年2月9日）

每个小男生心中都曾有个小女生

队队雁南行,
悠悠游子心。
夜夜家国梦,
事事总关情。

最近冯小刚的《芳华》掀起了一股热潮。影片开头有一段舞蹈《草原女民兵》,女兵们在"蓝天飞彩霞,草原开红花……"的音乐声中翩翩起舞。其中萧穗子扮演的女民兵连长,给观众留下最深刻的印象,而其原型正是原北京军区政治部战友文工团女兵杨慧,是冯小刚的老战友,也是他心中的女神。

在最近一档访谈节目里,主持人安排冯小刚和杨慧等老战友见了面。冯小刚激动地回忆当年在军营文工团的生活。冯小刚谈道,当年仰慕、暗恋女兵,自己经常乘她们洗完澡回宿舍的路上,煞有介事地装作碰巧路过,但和她们迎面相逢时又紧张得头都不敢抬起,匆匆而过,每次只能闻闻女兵们沐浴后散发的体香……

冯导回忆说,当年他们在部队时,没有什么水果,最好的就是白糖拌西红柿。如果男兵和女兵把白糖拌西红柿送给对方,就是表达恋情了。冯小刚说他就有这样一种西红柿情结,他最喜欢看女孩子们咬一口西红柿又嘬一口的样子,美极了。

所以电影里，萧穗子吃西红柿的镜头，好几次剪辑师提议要不要剪掉，冯小刚都坚持要留着。到现在，西红柿鸡蛋汤、糖拌西红柿，都在冯小刚的菜单上。

现场杨慧亲手给冯小刚拌了盒西红柿，圆了冯导当年的梦。

吃着女神拌的西红柿，冯导感慨："要是那时候，能有你给我送西红柿，多好啊！"

要知道，当年冯小刚基本只能远远地看着这些舞蹈队的女神们，很少有机会能和她们真的说上什么话。

如果说每个男兵心中都有一个女兵，那么，每个男生心中也都有过一个女生。

我老家在江苏宜兴鼎蜀镇。宜兴称为陶都，实际上制陶工业都在鼎蜀镇。小学上的是丁山小学。

记得小学一年级下半学期时，某天班里来了一位小女生，姑且叫她睿吧，是转校插班来的。老师引她到我们教室，简单介绍一下她后安排她坐在第一排。下课后，我和其他男生在教室里跑前跑后顽皮，而睿因为是新生，和大家不熟，乖巧地坐在位置上，一声不吭。这引起了我的好奇，径直跑到她座位边，东瞅瞅西看看，这下看仔细清楚了：原来是个又萌又可爱的小女生哎，尤其那秀美的双眸，真可谓是香气弥漫伊人至，水灵清秀惹西施。我心里顿时就喜欢上了她。叫一见钟情还太年少，单相思暗恋够得上。

虽然是许多年前了，但我始终记得那天的事，我看到她课桌上放了一个笔盒，是印花塑料软面吸铁石闭锁那种，在当时是很新颖的，之前没见过，我们一般用的就是那种简简单单的铁皮笔盒子。我伸手就去拿过笔盒开开合合玩了起来。

她看我一眼，未置可否。

后来我们一直同班。睿属于班上的佼佼者，老师的掌上明珠，而我基本上是班上的调皮捣蛋落后学生，处于白天鹅和丑小鸭的两头，所以和她几乎没有太多交集。

那时候学校里都有文艺宣传表演队，或叫学校文工团，像睿这样一个可爱伶俐的女生自然是校文工团的了。当年学校经常组织各类演出，但让我记得最清楚的是她和几个女生上台跳洗衣舞，一排女生穿着少数民族的鲜艳服装，在洗衣舞的歌声中袅娜娉婷，缓缓起舞，楚楚动人，心里对她的喜爱又悄悄增加了几分。

小学毕业，我上了鼎蜀中学，睿上了别的中学，中间有两年无她的音信。初二上半学期，学校开始分快慢班，同时也有其他中学的学生合并到鼎蜀中学来。那天我提着书包转移到新的快班里，一抬头，居然又看到了睿！两年没见，更加出脱了。

那时候男生女生不说话，表面上似乎是仇敌似的，有什么想法也就在心里默想，烂在心里。

转眼初中毕业，上高中时我和睿被分到不同班里。高中毕业时，我考上了大学，她高中复读一年，第二年也考取了某所高校。

高中毕业后我和睿还陆陆续续见过多次面。某一年寒假结束大学开学时，我们约了搭同一班公车到无锡，然后各分东西中转去不同城市返校。

后来我到上海读研究生，毕业后分到南京某高校任教数年，后来又远涉重洋到美国攻读博士，再后来到得克萨斯奥斯汀大学做博士后，再到美国太空宇航中心工作；天涯海角，远离滋养我的故土，越走越远……

后来，就没有后来了……多少事，多少人，就这样在不经意间，失散在漫漫人海，浩浩尘世中。

人生若只如初见，何事秋风悲画扇？！

（2018年1月30日）

游宜兴湖㳇磬山崇恩寺

周六得半日闲,陪母亲前往宜兴湖㳇磬山崇恩寺一游。

磬山崇恩寺号称天下第一祖庭,据传与乾隆皇帝游此钦定有关。

这里地处江苏、浙江、安徽三省交界的宜兴境内,四面环山,自然环境极佳。离宜兴湖㳇最负盛名的竹海约2公里,因此,极目望去,四面都是竹子。

偶遇一从南京来此隐居数日的老者,大赞此处:不仅水是甜的,连空气都是甜的;他到过附近三省境内,以宜兴最佳,且"宜兴"二字也特别和谐好听。

总觉得湖㳇这个地名很特别。这里西、南两面都是连着浙皖的千里大山,东面是浩瀚的太湖,只有向北是平原,来自山区的溪水在此交汇成一条河流,蜿蜒向东,下游即为汤渡画溪河,流经丁山、蜀山,一直延伸至太湖。古人认为此处是太湖的源头,犹如湖之父也,故得湖㳇之名。

我曾遐想,既有湖㳇,必定也有湖母,如能寻觅到,穿针引线将湖㳇、湖母两地结成亲家,岂非美事。但搜遍地图也未寻获。唯浙江余姚有河姆渡;河姆,河之母也,似有异曲同工之妙。

记之。

注：宜兴历史上原称义兴，得此名是因晋惠帝永兴元年（公元304年），周玘（周处之子）三兴义兵勤王，为表彰周玘之功，设义兴郡，辖阳羡、国山、临津、永世、平陵、义乡六县。隋废郡，改为义兴县，属常州。宋太平兴国元年（公元976年）避讳，取"义者宜也"之义改名宜兴县。

又：崇恩寺在江苏省宜兴市磐山，原名磐山禅院，据传是唐代一僧人云游至此，被这里的风光所吸引，遂择基建庙。在奠基时，偶得玉器一件，其形如钵，其声如磬，视为珍宝，故定名磐山，而这座寺庙，取名磐山禅院。

(2016年11月12日)

送　别

　　《送别》是一首"学堂歌",辛亥革命后新学堂的学子们唱的歌。

　　学堂歌有许多,但传唱不息、富有生命力的,似乎只有这首《送别》。

　　李叔同这首《送别》,有一种特别的品质在里面。人们往往其实并不是想借助这首《送别》来表达一种悲伤的、离别的惨痛心情,而恰恰相反,是希望通过这首歌来传递某种富有青春气息的,但是又略带一点点感伤和惆怅的心情;而且,它让我们想起了一个时代,一个纯朴的、纯真的年代。

　　青春为什么总是伴随着伤感和惆怅呢?因为我们知道留不住美好的时光;时光匆匆,时光流逝,时光荏苒,所有的时光,在地球绕日运行数十圈的弹指一挥间,就如流水般逝去,永不再回来……

　　我妹妹1997年出国时把她养的一条约2岁的小狗——香香,留在宜兴老家。香香是个"女孩",一条白色卷毛小哈巴狗,特别可爱、活泼、懂事、聪明、有灵性,我母亲能讲许多关于香香是多么聪明的故事。

　　妹妹离家出发的那天,香香从那一堆行李知觉到了,她一早就躲在茶几下,不出来,在伤心、生气。等我妹妹上车,车开动离开时,香香急急地跑下了楼梯,一路追,追去几百米,一直追到大水潭口，我母亲才把她抱回去。

出国多年后，2006年妹妹回国探亲。隔了9年，香香已经是生理意义上的老者了。虽然衰老，但香香还是一下子认出了老主人，见到我妹妹就跳上跳下欢喜得不得了。

我2010年回国，又见到香香，她已是暮年，衰老得行动迟缓，步履艰难，身体蜷缩，丝毫没有她小丫头时那种活泼、可爱、灵动了。

2011年，香香终于走完了她的狗生。我们把她埋在院子外的山坡上，还立了个木牌当碑，从家里阳台上就能看见香香的坟。

香香的一生，其实不就是我们稍微浓缩一下的人生么！香香的时代过去了，我们的时代，八十年代，九十年代，那纯真的时代，都过去了……

> 长亭外，古道边，芳草碧连天。
> 晚风拂柳笛声残，夕阳山外山。
> 天之涯，地之角，知交半零落。
> 一壶浊酒尽余欢，今宵别梦寒。
> 长亭外，古道边，芳草碧连天。
> 问君此去几时还，来时莫徘徊。
> 天之涯，地之角，知交半零落。
> 人生难得是欢聚，唯有别离多。

（2019年8月26日）

落　后

古人云："读万卷书，行万里路。"

读书可以增长人的知识，行路可以增长人的见识。人因无知而愚昧，因拙见而狭隘。

儿时生长在江南偏于一隅的小镇上，小学时是20世纪70年代。每当周末或放学后几个同学聚在一起，小孩子谈天说地，山南海北地胡侃。其中有个话题是常青的：比较哪个地方最好？最后论证自己家最好。

孩子的论证逻辑简单而粗暴：全世界中国最好，中国江苏省最好，江苏宜兴最好，宜兴我们镇最好，镇上自家最好。结论：全世界我家最好。

对论证的前4步都没分歧，总是异口同声意见一致。但对最后一步"谁家最好"往往就争执不下。

如果只是小孩子说说就罢了，问题是我们以为是真的，真觉得自家差不多就是全世界最好的了。

那个时候到过的最远的地方是13.5公里外的县城。那是改革开放前，镇子从基础设施到思想观念都极端落后。没有自来水，没有抽水马桶，没有煤气。当时典型的镇上人家的生活方式是：

家里一只大陶缸盛水，到河里用木桶挑水回来吃用。因为水太浑浊，于是加入大量明矾（硫酸钾铝，有一定毒性，常吃会伤害大脑），一般每次加一两勺，搅匀后水慢慢澄清。洗衣、洗菜、洗碗就都在街边的画溪河里进行。

一只双眼炉灶，一眼烧煤球，一眼烧柴。每次引火烧煤时，家里烟尘滚滚，熏得人眼泪横流。

上厕所说来都怕：离家门外几十米公共院子里有个公厕，男女分开，但没有装门，整年都是恶臭扑鼻，苍蝇满天。每家有一只木制马桶，但那一般是女人用的。我从小就十分厌恶用马桶，宁愿顶着恶臭用公厕。女性在那样简陋的公厕里，一不小心就被人惊鸿一瞥去了。现在想起，当时社会对女性多不尊重。

家里挂着几只电灯，是白炽灯。记得经常因电力不足，不能达到预定220V电压，灯光昏暗发黄。后来家里装了一只更先进的日光灯，到晚上家里更亮了，却经常因为电压不足灯亮不起来。

家里和学校教室没有任何取暖设备，而且木制的门、窗质量极其简陋，一般挡不住呼呼的北风渗透，所以一到冬天孩子们就冻得手上、脚上全是冻疮。我记得冬天上课时总盼着赶快下课，可以起身到教室前面玩一种单脚斗鸡游戏，以使身体暖和一些，使冻僵的脚趾有点感觉。

我的结论是：童年时，镇上人家里除了有几只电灯、一只收音机、一只闹钟、一个煤球炉，算是透露些许人类已经进化到了二十世纪中叶的信息，除此之外，和汉朝、宋朝、明朝的生活方式，并没有"本质"的区别。

最近和一个到美国短住的家乡亲戚闲聊时，说起他父亲，对他到西方留学十分不支持，说，全世界都不如我们镇上好，去外面干吗。

哈哈，我忍不住大笑了，那不就是我9岁时的认知么。他父亲近60岁了，竟然还停留在我9岁的认知水平上。

你说做短视、狭隘的井底之蛙可不可怕？！

世界之大，一定要走出去，行万里路，行遍天下，才能开阔视野，提高眼界，重塑你的眼光和见识！

写童年时镇上的落后生活方式，不是抱怨，而是为了对比：改革开放已经彻底改变了中国的面貌，尤其是基础设施建设，这些年已经有了飞跃发展。

真切感到，四十多年在中国大地上发生的变化，比上五千年华夏文明带来的总和，还大一百倍。

我们60后这一代，从头见证了这一伟大的人类发展历史进程。这是一种幸运。

从这个角度说，我们这一代人童年经历的落后、困惑，作为衬托和见证新时代，值了。

（2019年2月8日）

苏州 —— 大学时代

留得残荷听雨声

观念不仅束缚人的行为方式,对事物美丑的看法,也会因一念之差发生本质性的改变。

八十年代在苏州上大学时,觉得苏州城很大,去一些景点,如拙政园、西园、留园,从苏州大学西大门出发,沿着十梓街向西走出去,到这些景点不过也就4～5公里而已,但观念里一定得搭公交车才能前往。步行去?根本不可能那么远好吧!记得曾经步行去过最远的地方是观前街,约3公里路,但就那点距离,通常也都是搭公交车去的。

最近专门去了趟苏州,进行"环苏州古城河健身步道"暴走。一圈下来一口气走了22公里,尚觉意犹未尽。看着苏州老城地图,觉得苏州老城怎么这么小!想当年盘门、阊门、枫桥等景区,这么近,本来那时随随便便散散步就能轻而易举前去的,但意识中认为很远的观念约束住了我,那么些美的景点只去过一次或干脆没去过。

观念不也同样决定我们的审美和品味嘛。例如,臭豆腐的臭味,如果不让人知道这是臭豆腐发出的气味,相信所有人都要掩着鼻子逃避这厕所般的恶臭。但一看见油炸臭豆腐摊,臭顿时成了诱惑人食欲的"香"了,因为人的观念中臭豆腐是可以吃的,而排泄物则不能。

几天前环无锡蠡湖健走,经过几处湖边都见到一片片的枯荷。那些残荷叶子蜷缩着，皱褶着，耷拉着脑袋，乌不溜秋，这景色和"美"似乎怎么也联系不上，难怪贾宝玉见了都抱怨为什么不把残荷都赶紧拔了去。《红楼梦》第四十回：

　　那姑苏选来的几个驾娘早把两只棠木舫撑来，众人扶了贾母、王夫人、薛姨妈、刘姥姥、鸳鸯、玉钏儿上了这一只。

　　宝玉道："这些破荷叶可恨，怎么还不叫人来拔去。"

　　宝钗笑道："今年这几日，何曾饶了这园子闲了。天天逛，哪里还有叫人来收拾的功夫。"

　　林黛玉道："我最不喜欢李义山[1]的诗，只喜他这一句：'留得残荷听雨声'。偏你们又不留着残荷了。"

　　宝玉道："果然好句，以后咱们就别叫人拔去了。"

　　说着已到了花溆的萝港之下，觉得阴森透骨，两滩上衰草残菱，更助秋情。

　　宝玉本来认为残荷是不美的，被他骂作"破荷叶"，但黛玉几句话立即改变了他的观念，从本来要拔掉变成要留着残荷了。当然，黛玉"偏你们又不留着残荷了"的娇嗔，也是宝玉马上鸡毛当令箭的原因。

　　读者朋友，残荷，在你看来，是丑，还是美呢？

　　无论你是觉得丑还是觉得美，我们都不可太固执，不可太执着于某种一成不变的观念。我们要给观念留个"转而一想"的小小口子。

（2018年12月27日）

[1] 李义山即李商隐。

苏州胥门桥

> 那些过往的时光,
> 那些关于青春的记忆,
> 我们不曾忘记过。

1980 年我在苏州大学读大一,刚好程树榛的小说《大学时代》出版,被当时只有十八九岁的我们传阅,成了那个时代最好看的小说之一。记得还被拍成电视连续剧,留下了很深的印象。

程树榛的长篇小说《大学时代》,写于五十年代,由于众所周知的历史原因小说直到 1980 年才出版。虽然小说写于五十年代,描写和反映的也是五十年代大学生的学习、生活和工作,但当时八十年代写大学生活的文学作品极少,所以仍然很吸引我们这一批恢复高考不久后上大学的青年学子。

八十年代是个纯真的年代,那时没有电脑、没有网络、没有手机、没有电子游戏,所以课余读文学是主要的消遣,读得非常认真和投入。对于年少的我来说,书中描述的五十年代的人和事,仿佛已经十分久远,因此带着许多敬意去阅读。

书中描绘了一群来自不同家世、不同出身、有着不同教养的年轻人来到天津北方大学学习,为了建设祖国,努力学习和钻研的故事,以及他们对友谊、对爱情、对理想、对事业的美好追求的精神世界。

除了学生学业主线之外,还有学生情感的副线。女主角赵敏,开始被担任支部书记并一起长大的表哥王文斌视为天然女友,后来两人裂痕明显后,表哥还利用家里老人施压,然后被校诗社负责人也是作家之子的郭亚狂热追求,她却对男主人公刘向明情有独钟。同时,担任班长的归国华侨刘岚暗恋郭亚。

主角赵敏是个苏州女孩,清纯美丽、聪明好学、善解人意,书中有一段描写她在大学放暑假时回到苏州胥门万年桥下的老家。于是我在某个周日专程去胥门寻访。看到胥门外的胥江上有两座桥,形成双桥:一座叫万年桥的古老石桥,边上并行着一座水泥公路桥。万年桥两头和书中描写的一样,有一条老街,称万年街,街上以民居旧屋为主,还有一些小商店,赵敏的家就被设定在这条街上。我在万年街上、万年桥上来来回回走了几趟,很享受,有文化归属感,感觉书里发生在这条街上、桥上,围绕一个苏州女孩的种种故事,既很久远,也近在眼前!

回到学校宿舍后和同学说起我今天去了胥门万年桥,因为《大学时代》里描写了。有同学说,《大学时代》又不是什么名著,值得去考证么。我却以为不然。只要自己喜爱的作品,不就是自己的"名著"么?何必人云亦云。

流年似水,转眼一晃,大学时代,和读《大学时代》的时光,都过去三十多年了。胥门万年桥呢?我记忆中的双桥,可安好无恙?

直到前不久,在大学毕业离开苏州三十四年后,有幸再次见到留在梦中的万年桥。

现在的胥门石拱桥，不仅没有我想象中该增添的不少沧桑感，反而是一派人工修造的新气象。记忆中桥堍下的老街，想象中赵敏的老家，也因为拓展街面而消失无踪。

徒增沧桑感的，倒是我们这批八十年代的学子。曾经的纯真年代，青春年少，都已久远，不可追寻。

（2018年11月11日）

女大学生宿舍

20世纪80年代初我们上大学时，反映大学生活题材的文艺作品比较少。刚好程树榛的小说《大学时代》出版，被当时只有十八九岁的我们传阅，成了那个时代最好看的小说之一。

大约1982至1983年时，还看过一部反映女大学生的影片。因为年代太久远，细节已经淡忘，但清楚地记得女主人公因为没有生活来源，晚上去工地用板车搬砖的情节。这几天常想起这事，但影名却怎么都想不起来。

今晚在家打开电视，无意中调到中央6台，正在播放一部怀旧校园青春片《女大学生宿舍》，影片里女主角的名字"匡亚兰"，把我所有的记忆一下子都唤醒了，真是得来全未费功夫！

《女大学生宿舍》这部八十年代家喻户晓的青春片，于1983年上映，反映八十年代初东南大学（注：不是现在南京的东南大学；是影射武汉大学）中文系一年级女生宿舍里发生的故事，而女主角是经历了苦难的生活但不为命运所屈的青春少女——匡亚兰。

记得女演员罗燕当年因匡亚兰一角而红极一时。电影在武汉大学实景拍摄，剧中人物的原型甚至有当时的武大校长。

八十年代的青春片真的非常好看，纯纯的，大学生们有思想，有抱负，有的是女生们在篮球场上扭成一团，而围观的男生们拼命喝彩，女生们在一起憧憬未来，男生们讨论社会担当，学生社团演哈姆雷特、堂吉诃德、阿Q。

其中有一段中文系女生跳匈牙利集体舞。随着匈牙利舞曲那热情奔放的旋律，男女生们俩俩拉住，步伐一致，敏捷地移动，优美地转圈，活力四射，青春无敌！

匈牙利舞曲让我回想起1983年我的大学时代，那时男女生也经常在一起跳匈牙利集体舞。这是不是受影片《女大学生宿舍》情节的影响就不记得了。班上的文娱委员是一位苏州姑娘华同学。那时华同学的姐姐在苏州医学院上学，非常能歌善舞，于是华同学请她姐到苏州大学来教我们这帮化学系理工科学生跳匈牙利舞。华姐还带来两位苏医美女协助教舞，学舞的地方就在化学系教室里，把桌子板凳向边上一靠，中间舞池就出来了。我把我的二喇叭拿来，匈牙利舞曲录音带音乐一放，大家跟着华姐学了几次，居然都跳得像模像样的了。

跳匈牙利舞成了大学时光的美好回忆。青春靓丽的华姐在教完我们跳舞后就没有再见过。华同学毕业后去了日本，听说华姐去了加拿大。和华同学一直有联系的，聚会过许多次，还曾一起回到苏大校园，在苏州街头流连缅怀大学时代。不久前看到华同学的微信圈里贴出和华姐回到苏州的合影，还依稀记得起她当年的模样来。

就如《女大学生宿舍》片头旁白里引用的普希金诗：那过去了的，就成为美好的回忆。

（2018年12月23日）

马教授和熵增定律

王小波的杂文《我为什么写作》是我读过的第一篇在文章里引用熵增定律来描述他的写作状态：自然法则支持趋利避害熵增加，而他的写作却是趋害避利的反熵行为，没啥好处。

熵定律是科学定律之最，是自然界的最高定律，这是爱因斯坦的观点。熵，是衡量混乱程度的，熵定律也被称为热力学第二定律，又称"熵增定律"，表明了在自然过程中，一个孤立系统的总混乱度（即"熵"）不会减小。

换通俗点的说法，自然界包括人类社会总是朝着混乱度增加即熵增加的自然方向发展。而熵减少，即自然或社会的有序度增加，则一定需要消耗某种外力才会实现。

第一次接触到熵函数和熵定律是在苏州大学二年级上物理化学专业课的时候。给我们上物理化学课的是一位姓马的教授，50多岁。他在黑板上画了一条倒置的类抛物线形状的曲线，解释说，生命的熵过程就如这条曲线，从出生、童年、少年、青年的过程，熵是减少的，肌体越来越有序，生命发出耀眼的青春光芒；但中年以后，熵减少过了最低点，开始增加，身体开始老化，变得无序，直至最后死亡，组成身体的物质彻底无序化消散掉了。

马教授说完，补充了一句，你们（指坐在教室的我们青年学生）现在正年轻，熵还在减少，是多么美好的年华啊，而我已经老了,开始熵增加了。

马教授这堂有关熵的课给我们化学系80级学生留下了非常深刻的印象,后来我们学生经常用你熵增加、你熵减少来互相调侃。

马教授身体不好,大约在上完这堂课的一年后就去世了,很悲伤,记得我们去苏州殡仪馆参加了他的告别仪式。

而我们这些当时的青年学子,转眼也到了熵增加的不惑之年。

自从学习了熵定律,常常思考熵定律制约社会秩序和国家治理的问题。为什么有些国家很早就实现了治理,即社会发生反熵过程变得有序;而有些国家却永远乱糟糟不能实现有效治理,即遵循自然界熵增定律,社会永远处于无序化状态。

从熵增定律知道,社会发生熵减少即变得有序,是需要外力作用的。这个外力是什么呢?如果把社会上的一个个人想象成一个个分子,要让这些分子变得有序,首先这些分子要降低自由度,也就是说要服从命令听指挥,遵守规则。因此这个外力就是自律。其次,是严格的法律、法规、法制和法治,如果哪个分子不遵守规则,必须被严惩或被驱逐,否则将影响别的分子,造成劣币驱逐良币现象,社会重新熵增加变成无序状态。

自律是反熵行为,要克制自己的欲望,付出不满足自己一己便利的代价,遵守社会公德秩序,遵守规则;这种克制和约束满足自己一己私利的代价就是熵减少的外力。而熵增加行为是自然法则,无须任何外力就成为自私的选择,许多人上有政策下有对策,见机行事,八面玲珑,左右逢源,善于变通,破坏规则,视法律为无物,唯利是图,捞取个人私利,为社会混乱熵增加扔石头、掼泥沙。

所以，越是发达地区和国家的百姓其自由度实际上越低，这是保证社会熵减少、有序化、有治理的前提。

明白熵增定律对社会治理是有帮助的。国家在推动社会熵减少、有序化的过程中，要特别注重百姓的自律精神（自我克制，自我制约，自我约束，降低自由度，遵守规则）的建立，还要尤其重视及时清除那些破坏熵减少、破坏规则的分子，以免发生劣币驱逐良币的逆转过程。

先进发达法治国家和落后原始没有治理国家之间的终极区别是什么？自然界最高定律热力学第二定律早已给出答案：民众自律＋及时清除破坏熵减少分子（即严格实行法治）。

人类创造的任何制度层面的东西在自然界最高定律面前都很苍白无力，不遵守第二定律——熵增定律的话都只是废纸一堆。

（2019年11月26日）

重回母校苏州大学

2018年4月初春一个阳光灿烂、万物复苏的周日，和几位苏大同学回母校苏州大学——重游被评为中国十大最美校园之一的校园。

苏州大学的前身是东吴大学（Soochow University, SCU），于1900年由美国基督教监理会在苏州创办，是中国第一所西制大学，前三任校长均为美国人。

东吴大学成立后只有英文校训："Unto a Full-grown Man"。

东吴大学本无中文校训。中文校训"养天地正气、法古今完人"是在1927年中国收回教育主权后由第一任华人校长杨永清校长引入。当时有励志社三青团骨干为东吴效力，选用蒋介石撰句"养天地正气，法古今完人"以励志。所以，"养天地正气，法古今完人"，并非东吴大学独有的校训。

用词工正、对仗、高大固然好，但有时难免有些模糊，不容易完全领悟，甚至难以做到。所以，觉得将英文校训直译为"成为一个心智健全、完整的人"也蛮好的，容易让学生确立目标，努力实现！

教育的最主要、也是最重要的目的不就是去除人类的愚昧，把心智不全的原生态人变成一个心智健全、完整的人吗？这和陶行知的教育思想"千教万教，教人求真；千学万学，学做真人"如出一辙。陶校长的"真人",就是指一个心智成熟、健全的真正的人。

目标一定要具体、能够实现;又高又虚又大,没有一个具体标准,则难以实现。我们每个苏大学子,努力学习做一个心智成熟和健全的人,是可以实现、做得到的!

东吴大学校址在苏州古城的东南面,在相门和葑门之间,环境优美,地灵人杰。学校成立时的早期建筑清一色为西方罗马式、哥德式等建筑风格,美观、宏大、肃穆。学校行政楼钟楼正面是大草坪,四围环以高大、葱茏的水杉、香樟树。中国十大最美校园之一名副其实。

宁静致远,学生身处这样优美、静谧的环境,不认真学习、严谨思考,也难。

只是时光飞逝,匆匆那年,还没及细细品味珍贵的大学时光,体会母校的魅力,享受这秀丽风景,我们就如蒲公英的种子、飘零的花儿一样,离开母校,散落四方了⋯⋯

匆匆,我们相遇。

明天,就要各分东西。

梧桐树筛下,多情的露珠。

送上我的祝福,留下你的希冀。

啊,人生、短暂的、珍贵的邂逅,

像飞逝的流光,永久的闪烁,我的心际。

(2018年4月30日)

苏州广播电台毕口秀

FM91.1苏州新闻广播电台的脱口秀节目"毕口秀",每天早晨8:00播出,是我开车去公司时固定听的节目。

按理,我在无锡,怎么天天听苏州电台的节目呢?

本来以前开车上班时是将车载收音机设定在江苏台或无锡台的。某天随意调了一下频率,碰巧跳到了91.1KHZ,车内顿时充满了男主持人老毕幽默风趣浑厚的男声,和女主持人心蕊悦耳动听的女声和银铃般的笑声,一下吸引住了我。从此就将电台锁定了。当然这也和苏州是我大学待了四年的故地,听苏州电台的播音有特别的亲切感有关。

节目播出时段正好和上班时间吻合,所以几乎天天上班都有老毕和心蕊相伴。

节目的形式是主持人和听众互动。听众打电话进电台,先说一声"911我要上头条",然后随便说一下早晨的心情,自己或周围发生了什么事情,甚至天气,交通情况等不拘一格的话题。老毕和心蕊再加以幽默风趣的接话、调侃、发挥。总之是一个非常随意、轻松、快乐,还有些幽默搞笑的节目。

不经意间已经听了这个节目若干年了。一天听不到老毕、心蕊的声音,还挺想念的。偶尔老毕休假或病假,只剩心蕊独自主持节目,就不断有听众电话打进电台问,老毕什么时候回来啊?有一次心蕊度假去了,缺席两周,几乎天天都有听众问老毕,心蕊怎么还不回来?心蕊的声音和笑声那么优美动听充满磁性,难怪听众挂念。

今天早晨听节目时,一个年轻妈妈打电话进来讲了个笑话:她的女儿昨天对她说,妈妈我告诉你一个秘密,爸爸喜欢上别的女人了。她问,谁啊?女儿说,心蕊,因为爸爸每天开车送我上学时都听心蕊的节目,听得眉开眼笑,喜欢她喜欢得不得了。

老毕和心蕊听了哈哈大笑。老毕赶紧调侃心蕊道,说不定是真的喜欢上你了。心蕊连忙否定,不会的不会的,肯定不会的,要那样说,如果一个女士天天听你老毕的节目,那不也喜欢上你了么。电台里充满了欢声笑语。我在车里也情不自禁笑了。

上班的心情真好,因为有老毕和心蕊相伴。

(2018年4月26日)

南京——梦想之处

石老头

八十年代末研究生毕业,我赴南京某高校任教。

南京是我一直向往的城市。有人说南京是中国最伤感的城市,作为八朝古都(六朝+太平天国和民国),却都是偏安或短命的朝代,留下四处断墙残垣和"雕栏玉砌应犹在,只是朱颜改"的宿命和无限感伤。但我最初被南京吸引和伤感无关,是初中时到南京旅行,被南京街道梧桐树的魅力征服:从新街口到鼓楼的中央路宽阔清爽,梧桐树绿叶婆娑,枝叶遮天蔽日,树荫遮住道路的中央和两旁,地上碎片似的光影迷离,扑闪扑闪,走在人行道上心情舒畅,连商店里的雪糕也格外香甜,于是暗自发誓要到南京工作。那是公元一九七七年,恢复高考那一年,回首看,以后去南京的可能性是零,或说门都没有,小孩子不知天高地厚瞎发誓。

初到南京,安下心打算在南京待一辈子。

到学校报到后,被安排住在单身教师宿舍里。那是学校一进大门右手边的一座七层大楼,称综合楼。称综合楼的原因么,一层有学校小车班的车库和油库,二层有医务室和学校印刷厂,三层是单身男教师宿舍,四至五层是男生宿舍,六至七层是女生宿舍和单身女教师宿舍,是不是阴阳八卦合在一起?说句题外话,那是八十年代末,要按现在的安全标准,根本不允许把车库、印刷厂、医务室跟教师、学生宿舍放在一个楼里。

宿舍管理挺周到,在三层上四层的楼梯拐角,设立一个传达室,开一个大窗户,正对着楼梯口,以便管控闲杂人等从二层进入三层以上的教师和学生宿舍。

学校雇了两个退休老太太,一瘦一胖,都60多岁的样子,轮流在传达室值班,工作倒也清闲,看到生人询问或阻止一下。

我宿舍就在传达室对面。瘦老太内向,不和我们交流。胖老太心宽体胖,脸面慈祥,对人和气,喜欢和我们说话,还到我们宿舍串门。她见我们男教师宿舍脏乱差,衣服袜子到处乱飞,想帮我们改变又没办法,只能用地道的南京口音连连哀叹"没得女人不成家哎";这差不多成了她见到我们的一句口头禅。我离开南京20多年了,还能清晰地记得传达室的胖老太太,她人好,希望她延年长寿。

单身教师宿舍住的清一色是青年教师,石老头除外。

石老头是大学教务处的一名工作人员,是六十年代本校培养的本科生,植物学专业,不知什么原因会留校做行政工作。但据说他学生时被打成"右倾分子",一直留在学校接受批判、改造,等风头过后错过了毕业分配季,就顺势留在学校行政部门工作。不知这算不算因祸得福?

石老头在教务处一干就是20多年,还是普通工作人员一个,提不了干。其原因或许很多,但我这个新来的稍加观察分析,觉得这主要是他自己的原因,他的举止、穿着、谈吐、习惯,确实提不起来。

石老头其实不老,50出头,是被我们几个青年教师背地里叫成"石老头"的。这有些不太尊重的意味,但也不能怪我们,一则在20多岁的青年眼里,感觉50多岁的他真已经老了;

二是他总穿着一件半新不旧的藏蓝色中山装，从来不换式样，显得老气横秋；三是和他说话，略显憨厚的脸有些木然，不喜不悲，不惊不乍，就如一潭死水，和某些老年人何异。

石老头50多岁还是孑然一身，没结过婚。他学生时代和工作后有没有谈过恋爱，无从知晓。不过学校一直有好心人帮他介绍对象，但总是不成。有一次学校行政部门一位干部要给他介绍对象，女方50岁左右，离过婚，石老头拒绝了。他的要求很高，女方要年轻，30岁左右，未结过婚。石老头要娶黄花闺女成了我们茶余饭后的笑柄，这恐怕就是他一辈子找不到对象的原因，没自知之明。

他虽然多年不搞专业，但专业知识还是渊博的，加上他脾气好，愿意和我们聊天，我从他那里补了一些植物学基础知识，比如，枫树的学名叫鸡爪槭，绞股蓝的药用价值和栽培技术，木芙蓉水芙蓉的关系，水果之王是榴莲——那时从没吃过榴莲，听石老头描述才知道榴莲是如何好吃，红木不是树，是酸枝、檀木、黄花梨等有色泽硬木的总称；我原来还以为有一种叫红木的树呢。

他格外节约，节约到吝啬了。不知是否因为嫌学校食堂饭菜贵，他每天午餐自己做。他的午餐千篇一律：一个铝饭盒，里边是淘干净的米，放上两根香肠，一点蔬菜，饭点前他加些水在饭盒里，将盖子盖上，放在行政楼办公室里取暖的煤球炉上烤，约20分钟后，成了，一开盖，香气四溢，引得我们也想尝试一把。但每天吃一样的饭再好吃也倒胃口啊。我们都质疑他孤身一人，省钱干吗。他理直气壮，说以后退休了要周游世界。我离开南京后就再没遇见石老头，不知他周游世界的梦想最终实现了没有？

石老头最让人诟病的一件事，洗煤！办公室有一只煤球炉，用于烧水取暖，烧完后的炉渣，里面还存一点煤屑，石老头舍不得扔，把炉渣积起来，然后拿到办公楼盥洗间里去洗，把煤屑淘出来，晒干了再用。每次他洗煤，把水槽弄得黑不溜秋，又浪费水，得不偿失。但石老头对大家的怨声四起充耳不闻，照样隔几天洗一次煤。

一晃到南京工作一年了。工作轻轻松松，任课也轻车熟路，很悠闲。业余时间，许多青年教师聚在宿舍里打牌、喝酒、聊天、侃大山，有时也不乏拿石老头开开涮，说说他的笑话。一天天过去，我豁然觉得，如果就这样昏昏庸庸下去，不确立新的目标和梦想的话，石老头也有可能就是我们的未来……

但凡一条路能一眼望到头，说明不是下坡路就是没别的路可选！

因为觉得一眼能望到头，我放弃了在南京继续舒适下去的念头，加入考托福和"鸡阿姨"的队伍，几年后离开南京，出国读博去了。

（2020 年 10 月 17 日）

南京南京

心心念念的南京长江大桥经过两年多的封闭修缮,于2018年12月29日正式恢复通车了。消息传来,南京人民非常兴奋。我算得上半个南京人,所以一直很期待这天。

作为长江上首座由中国人自行设计建造的双层式公铁两用特大桥梁,南京长江大桥已经建成投入使用半个多世纪,常年超负荷运转,桥面可谓千疮百孔,修缮后原先的混凝土桥面全部替换为钢桥面板,通行的安全性和舒适性都明显提高。

南京长江大桥可不是单纯的一座桥,它是国人心中的一个符号和梦。从童年起南京和南京长江大桥就是一个整体,印象中大桥无处不在,书本上,宣传画报上,日常生活用品如茶杯、脸盆、热水瓶上,到处都有南京长江大桥的壮酷身姿,因此去南京看长江大桥成了儿时的一个小小梦想。直到初中时才去了南京,见到心中的大桥。

20世纪七十年代家庭收入普遍低,是不会专门花钱搭公交车出去旅行的,一般是搭"便车"。所谓"便车",就是某单位的车前往某地,你刚好认识司机或那单位的领导,就可以顺理成章地不花钱顺便乘车前往了。

那是1977年的暑期,南京工学院(现在的东南大学)来了一辆面包车,到宜兴鼎蜀镇——著名的陶都,出产陶器和紫砂壶——采购一些陶瓷。我父亲在"社会主义教育运动"时作为干部被派往溧阳,和南京工学院派去的老史、老于在一个宣教组,成了朋友。这次南工就是老史、老于的关系,派一个叫小周的叔叔找父亲,因为父亲是某陶瓷厂的领导。那个年代办什么事都要有关系。他们办完事回程时,大概是因为面包车很空,没人乘坐就浪费可惜了,我、我老兄、大伯母、和大堂姐四个人便搭便车去了南京。我俩是单纯去玩,伯母和堂姐是去南京看望在南京某医院住院的伯父。

到南京后,我兄弟俩跟着伯母她们一行都住在了南京师范学院(现南京师范大学),这是伯父的关系,和中文系的教授或领导熟悉,中间还去南师边上随家仓一位南师教授家吃螃蟹。伯父高公益是鼎蜀镇宣传科领导,喜爱文学,喜欢写作,自学成才,经常写宣传材料和给报纸写文章报道,是新华社特约撰稿人,所以认识南师的教授和新华社江苏分社的人。

我俩去了玄武湖、新街口、夫子庙,可能还有莫愁湖,记不大清了。新街口留下比较深的印象。在新街口第一百货商场中央路对面的一个饮食店里,看到柜台桌面上摆着一溜大碗盛的黄澄澄液体,黑板上写是啤酒,1角钱1碗。家乡是小地方,从没见过啤酒。我们正有点渴,以为这是饮料,尤其黄澄澄的颜色让人觉得像甜酒酿一样,一定很甜很好喝,于是一人买一碗,大口喝起来,谁知味道又苦又怪,差点都吐了,两大碗啤酒没喝几口就撂下了。

晚上我俩住在南师的单身青年教师宿舍里,因为是暑期所以很多床铺空着。那时候"大学"两个字非常神秘,连做梦都想以后能进大学,但没想到我初中就睡到大学宿舍里了。

记得我俩躺在靠窗的上下铺床上，床边就是一溜办公桌，一个暑假留校的青年教师坐在我下方的桌子前看书写东西。他跟我们闲聊了一会，无非就是好奇我们的来历和住进校园的背景。给我留下最深刻印象的，是他桌子上放了一块很大的鹅卵石，有哈密瓜大，长圆形，表面光溜溜刷过清漆，用红色的漆写着一行字：行成于思。我特别喜欢那块石头，后来只要看到河里或小溪里有鹅卵石，就会产生捡回去用红漆写几个字的念头，这大概就是情结了。这些年虽然也捡了几块鹅卵石，但终究没有弄成一块像南师宿舍里见到那样的。原因有二：一是我毛笔字不好，不会写，怕写出来太磕碜；二是想写了又找不到红漆。

第三个晚上移住到了新街口附近新华社江苏分社里。第二天新华分社派了一辆吉普车，送我们一行到南京长江大桥玩。新华分社家属是两个女孩子，姐妹俩，和我俩几乎一般大，跟着我们一起到大桥，当导游。

大桥又宽又长又高，可用波澜壮阔形容。从桥面向江面看，有几十层楼那么高，长江两岸风光尽收眼底。在我家乡小镇，那时最高的楼房大概只有三层，大桥和桥头堡的高大威猛真的有点震撼到了我。

两个陪同我们的女孩子穿着小军装，英姿飒爽，很美，让我这个"乡下"来的孩子产生了那么一点自卑感。还好两个女孩挺热情，帮着给我们在大桥上拍照。可惜在大桥上的留影，经过这些年上学、出国等辗转，一时找不到了。

当晚自由活动，我们沿着中央路从新街口一路往北走到鼓楼。马路非常宽阔，两边一排排高大成荫的梧桐树。七十年代末汽车很少，南京的街道上很干净整洁，没有雾霾和噪声污染，走在街上特别享受。走着走着，忽然就产生一个强烈的愿望：我以后一定要到南京来！

后来到了苏州上大学，然后去了上海工业大学读研究生，1987年毕业后终于实现了初中时立下的愿望，来到南京，进入中国药科大学（原南京药学院）任教。

在南京工作时多次去过大桥，多是骑自行车前往，从市区大桥东侧一路过桥骑到桥西侧的江北浦口。八十年代末到九十年代初时，浦口还没有开发，所以下了西引桥就是农田了，和桥东市区的繁华反差极大。

记忆最深是有一次和高级英语班（EPT）的几位同学一起骑自行车，穿过南京长江大桥，下了西引桥后折向南，经浦口一路骑行到珍珠泉游玩。骑车过长江大桥时上引桥是需要一点耐力的，因为引桥的坡度大，有数公里长。返程时，有女同学惧怕骑车上引桥，因此我们在浦口搭轮渡到中山码头，返回南京市区。

在亲近了南京六年后，一颗不安分的心又把我带向更遥远的大洋彼岸——美国，从此和南京别离。

在美国多年后，2010年我被南京工业大学聘为特聘教授。从我大学办公室的窗口望出去，能看到一墙之隔另一所大学的校园，就是我出国前任教的那所大学。当年我办公室所在的教学楼还原模原样立在那里，离我现在的直线距离不过200米。

莫非人生就是如此，像不断线的风筝，无论你飘多远，飘到天涯海角，总有一根无形的线，牵着你，有朝一日牵你回到原点。

后来每次到新街口，经过当年新华分社大门，还能想起那两个陪同我们到过大桥的女孩来。那姐妹俩，在她们最美好的青春年龄和时光里，在南京长江大桥上曾匆匆留下一瞥，这一瞥也许是她们人生里最生动的瞬间；她们转身就淹没在人海里，宛如浩瀚宇宙中无数飞速掠过的星星，偶尔相遇，转瞬即逝，消失在各自命运的路径，永生永世不再重逢。

谨以此文祝贺南京长江大桥闭关修缮两年后华丽恢复通车。

（2018年12月30日）

又见台城

飞机开始降低高度。我对高度变化引起的耳压很敏感,但这不妨碍我听耳机里淡淡哀愁的歌声:

原想这一次远游,
就能忘记你秀美的双眸,
就能剪断,
丝丝缕缕的情愫,
和秋风也吹不落的忧愁。
谁曾想,到头来,
山河依旧,
爱也依旧;
你的身影,
刚在身后,又到前头。

"噔"的一声,飞机后轮着地,机翼后方的襟翼随即竖起。"哗",在空气的强大阻力下,飞机发出一阵强烈的气流冲击声,渐渐失去了动能,开始在跑道上慢慢滑行。东方航空公司的空中客车飞机经过12个小时太平洋上空的飞行,终于从美国飞抵中国大陆,在上海浦东机场徐徐降落。

2008年12月20日傍晚,我又踏上了祖国的大地。新建的现代化机场,非常气派。拖着轮包走过长长的出机大厅、排队等候出海关、提取行李、出候机大厅、登上出租车、上浦东高速、穿过杨浦大桥、入酒店。每次回国都重复着一样的过程，却都如同在梦境里一样。

在随后的三个多星期里，我先在华东穿越，足迹至无锡、苏州、南京，并三次出入上海，后又飞深圳，在深圳逗留了一周才出境回美。

南京是最让我梦魂萦绕的地方。我在南京停留了两天，在会了一些朋友之后，我有几乎一整天的时间在玄武湖和台城一带流连忘返。我在玄武湖和台城拍摄了很多照片。这是一个冬日阴晴不定的天气，灰蒙蒙的，很难看出春秋季节玄武绿波，台城烟柳的美景。但在我眼里一切依旧美好，尤其是来到当年熟悉的地方。

又见台城，又见台城，不由得想起韦庄的那首诗来：

江雨霏霏江草齐，六朝如梦鸟空啼。
无情最是台城柳，依旧烟笼十里堤。

还是当年的台城，但城墙上已修整清理，不复当年墙上荒林野枝、杂草丛生、萧肃静谧的模样。

台城是玄武湖解放门的一段废城墙。这段城墙位于玄武湖南岸，西南角上，起点就在鸡鸣寺北面，向东延伸两百多米后在解放门与向北通往玄武门的明城墙交会，形成一个T字形，向东方向的明城墙继续朝东延绵，往约三公里外的九华山和太平门方向而去。在通往玄武门的城墙段又有一个城门，和解放门成90度对峙，据此可以进入玄武湖，经台菱堤到菱洲。

这段两百多米长的城垣就是传说中"览钟山观玄武,台城柳堤怀六代"的台城。

据《上江两县志》载:"鸡鸣寺后之城,乃是明扩建都城时所造。"朱元璋最初是想把城墙盖在鸡鸣寺后,向西经鼓楼岗接石头城。后来为了把鸡笼山、狮子山、马鞍山、石头山等山岗都围进城内,扩大了建筑范围。因此,鸡鸣寺后这段两百多米长已造好的城墙,只好弃之不用,成了废城墙。所以这个"废"字是指这段城墙的功能废了,就如一小段盲肠留在那里没有实际用处,城墙建筑本身保存得相当完好。

历史上真正的南京台城是东晋和南朝皇帝办公起居的宫城,是当时国家政治、军事和思想文化的统治中心,据考证,台城应在现今鸡鸣寺南面四牌楼一带。

台城在历史上屡遭破坏,见证了"六朝金粉"的兴衰沧桑,台城于后人心中只是一个意象,一声六朝如梦的叹息,昔日的风流繁华,只留在文人的诗词之中。历朝历代的文人墨客来到金陵,总忘不了去台城凭吊一番,留下了不少不朽的诗文,最有名的莫过于唐代诗人韦庄的那首诗了。

后人依据韦庄的诗将玄武湖之柳与台城联系在一起,又由于鸡鸣寺后的这段城墙距六朝时代的建康宫不远,所以被附会为台城,也有后人把这段废城墙及与之相连并通向九华山的城墙通称为台城。

登临台城上,东可眺望紫金山虎踞龙盘,山色苍翠;北可欣赏玄武湖十里烟柳,碧波浩渺;南面观看九华山塔影婆娑,宝塔高耸空明;西可觅览鸡鸣寺黄墙青瓦,古刹声荡钟气回肠。

第一次登台城,是1992年11月金秋时节,和医药总局举办的高级英语班(EPT班)几位同学先去了鸡鸣寺,从鸡鸣寺下来后沿着鸡鸣寺路，即樱花大道，向北步行数百米便是一座东西走向的明城墙，道路穿墙而过的城门为解放门。本来是计划过解放门进玄武湖的，但看到高大的城墙上有一对男女青年走过，引起了大家的好奇心，也想上去探个究竟。我们猜测附近应该有登城墙的阶梯，于是沿着城墙南边折向西，顺着墙根前行两百多米，果然见到有一个城墙的末端，已经坍塌，攀着倒塌的城砖没费多大周折就登上了城墙。

那时的台城是一段被世人遗忘了的废城墙，非常荒凉，应该从民国后就没有整修过，墙上杂草丛生，许多野树都有几人高。满目荒草的城墙中间隐隐有条踩出来的小路，说明不时有人登上这段城墙。

虽说金秋11月，长长的城墙上一眼看到头除了我们，还有远处之前看到的那对男女青年，别无他人。我们一路往东朝远处九华山的塔方向前行。从高大的城墙上看出去，左边是浩渺的玄武湖，碧波万顷，烟柳卷堤，尽收眼底。右边是南京市政府古色古香建筑群，和大行宫中心公园绿化带，隐隐可见高大的雪松。

墙上一派荒芜，还停留在明朝抑或是民国年代，而墙外却是生机勃勃，生意盎然，墙上墙外完全是两个世界，不禁让人有些神志恍惚，不知道到底身处何世。

城墙接近九华山高耸的山岗时，打了个Z字弯，绕过九华山继续向太平门方向延伸。城墙转弯处有个坍塌，从此处城墙缺口下去就进入了九华山公园。九华山公园的大门开在大行宫太平街上，需购门票进入，以前也没有专门来过九华山公园。是冥冥天意，让我们无意中不购门票就进入了九华山公园。对于我们是无意，对于附近的一些老南京人或许这里就是一条免费进入九华山公园的轻车熟路，一直在我们前面的那对情侣就好像是熟门熟路地进入公园的。

进入九华山，迎面就是一个岗子，登到山顶，有一个很大的凉亭，此处比明城墙海拔高出近百米，俯瞰玄武湖，比刚刚在城墙上看自然别有一番风光。

坐在木制长廊里，城墙就在脚底下穿过。有同学带了橘子，拿出来吃。美景加美味，让人格外高兴，于是我们尽情地笑了，古城墙上一派欢声笑语，暂时击退了这里几世的冷落。

在九华山公园游玩了一个下午，傍晚才款款从台城原路返回。

（2019年1月3日）

大肚子山楂酒

我相信儿时常吃的食物就是世界上最好吃的食物。比如，中国人觉得豆浆油条饺子粢饭团最好吃，西方人认为牛奶汉堡贝果（Bagel：硬面包圈、贝果面包、百吉饼）比萨最好吃，因为他们都打小起就吃那些。至于谁的更好，是没有争论意义的。如果带着开放包容和接受，而不是排斥的心态，就能享受不同民族和地区的美食。我在觉得豆浆油条仍然好吃的同时，比萨贝果也成了我的爱。尤记得若干年前在美国某公司工作时，每周五早晨部门秘书会买两大袋新鲜出炉的贝果带到公司，招待行政和科研人员。贝果有原味、芝麻、蒜蓉、洋葱、肉桂的等等。趁着尚有余温，拿一个，切开，用小刀往里面涂上一层酸奶酪，再夹两片挪威烟熏三文鱼，不要太美味啦！

同样，在青春美好年华吃过、喝过的美味，往往也会给人留下经久不衰的印记。八十年代末至九十年代初在南京中国药科大学任教时，常吃一种南京街头到处有卖的烧鹅。在烧鹅摊前排队，买一只，切了，浇上特制的绛红色的汤汁，带回宿舍，和几个同事和朋友就着鹅肉，喝着我从连云港带来的一种大肚子山楂酒，美美的，感觉绝配。那山楂酒喝起来像丹阳封岗酒一样，甜味十足，挺适合我这种不太会喝酒的人。

出国经年，后来回南京，曾在街头寻觅，却再也找不到当年那种烧鹅了。前阵子不经意间却在京东上发现当年一样的山楂酒，没想到30多年过去，现在还有，而且一模一样的大肚子酒瓶和金标签包装，一点未变，真的成了一种经典。于是立即采购了几瓶，喝几口，回味甘甜爽口无穷，也回味起了匆匆那年在南京工作生活的日子。

既然南京烧鹅已经无处寻觅，那就单说说大肚子山楂酒的来历吧。20世纪八十年代经常去女朋友邓毅家乡连云港，连云港出产一种花果山牌山楂酒，是用当地的山楂酿的果酒。酒瓶很有特色，有个大大的圆肚子，贴着金闪闪的标签，很醒目，老百姓喜欢称其为"大肚子山楂酒"。

山楂酒酒精度不高，9%，和啤酒差不多，却很甜，正好适合我这种不太会和不迷恋喝酒的人。因其口味甜甜的，跟喝饮料似的，往往没几分钟我就咕噜咕噜几杯下去了，于是人变得微醺起来，迷迷糊糊中叫几声"好酒"，把大肚子认作了知己。

好东西要和人分享，在连云港喝完，还不忘将山楂酒带回宜兴老家给家人喝，还带到南京给我工作单位的大学同事和单身青年教师宿舍室友喝。

室友黄某，厦门人，在吃喝方面，和我不拘一格不大讲究的风格正相反，颇有研究和心得。比如，一起到食堂吃饭，我只吃大排，他只吃大块肉，肥瘦相间的五花肉做的。他有滋有味地吃着大块肉，嘴里油花直冒，还屡屡不忘指着我的大排，嫌弃地说，大排有啥好吃的，跟吃木屑似的，五花肉才香。我心里以为他说的有道理，只是我从来不吃肥肉，无法享受大块肉的美味。

黄某好吃，还在宿舍里做茶叶蛋。和我们江南一带简单地将鸡蛋连壳带茶叶酱油汤一起煮煮不一样，他的方法颇为讲究：将鸡蛋煮熟后，把壳剥去，用小刀在鸡蛋白表面划出一条条伤痕，就如地球北极到南极的一道道回归线，然后放入锅中，放入水、茶叶、酱油、糖、味精、八角、香叶等，小火慢工焖几小时。做好后，一开锅，香气四溢，茶叶蛋又好看，又入味，吃起来又方便，不一会被我们单身青年教师一抢而空，个个称道。

某次从连云港回来，又请黄某等在宿舍楼喝山楂酒。这家伙喝了几口，咂咂嘴，说，就和喝甜饮料一样，不过瘾啊。

于是我另取出那次带回的一瓶干白葡萄酒，同一酒厂产的；先没拿出来喝的原因是我认为那酒酸不拉几，一点也不好喝。将那瓶干白葡萄酒开了盖，给黄某倒了一杯，他先品了一口，一仰头把一杯酒全咕噜咕噜喝了下去，放下杯，连声啧啧称赞，好酒，这是好酒。

黄某是大学青年教师队伍中有名的酒鬼，喝酒品酒我自然甘拜下风。我相信了他说的，山楂酒是适合不会喝酒的和女人喝的酒，认识到我不会喝酒，估计一辈子成不了酒中人。

无独有偶，多年后在美国，某次到朋友家做客，朋友拿出一瓶墨西哥酒，说这是女士酒，让我们尝尝。我倒了一杯，酒甜甜的，其中还类似加入可可粉、玉米浆和植脂末等，入口非常爽滑柔润，滋生出一种幸福的快意。

我喝着墨西哥酒，想起了八九十年代在南京常喝的大肚子——其实，那就是一款女士酒，只是那时没有这种商业定位和概念罢了。

那一刻，忽然有些想回到家乡，回到南京，回到当年，喝几口红红的山楂酒，一定还是那么甜，醉人心扉，我才不管它是不是女士酒呢！

（2020 年 7 月 17 日）

金陵随想

晚上走过南京玄武湖环湖路西侧，玄武门至模范马路门之间的湖边步道，见那里立有一尊李白雕塑，下刻他的诗《金陵其二》。觉得这首诗很有历史感和哲学意义，便拍了下来。

金陵其二
［唐］李白
地拥金陵势。
城回江水流。
当时百万户。
夹道起朱楼。
亡国生春草。
离宫没古丘。
空余后湖月。
波上对江洲。

李白诗中云："当时百万户，夹道起朱楼。亡国生春草，离宫没古丘。"这是说六朝金粉，有权势的富贵人家纷纷投资房地产，金陵（即南京）道路两旁筑起了一座座豪华的红色楼房。最后结局呢？ 全部不见了踪影，只剩满地荒野春草和一座座古丘。

记得大导演冯小刚也说过类似的意思，他有次到北京西山采景,见了许多有年代的豪宅,钥匙都在和当年的主人毫不相干的人手上,他由此感叹,人生都是空的,除了生命其余都是身外之物。

宋朝大文豪苏轼被贬后,到任常州,曾四次来过宜兴,他非常喜欢宜兴的嘉山丽水,留下"买田阳羡吾将老,从初只为溪山好""吾来阳羡,船入荆溪,意思豁然,如惬平生之欲。逝将归老,殆是前缘"等佳句,并真的在宜兴蜀山及张渚附近投资房地产,买田,置屋,准备在宜兴颐养天年,哪知后来都成了泡影,九百年后苏东坡当年投资的这些田地房产更是连影子都不知在哪里。

最近看一个考古节目,关于青岛挖掘一座汉代权贵墓葬。打开棺木,各种陶瓷、青铜陪葬品历历在目,但就是不见墓主人的尸骨,只有一层膏一样的黑泥浆。考古学家解释说,因为棺木进水,尸骨都完全腐蚀成泥了。

想必这些精美的陪葬品生前都属于墓主人,只是几千年过去,东西还在,作为文物估计现在已价值连城,而其主人却变成一堆膏泥了。我们能否说,这堆膏泥拥有这些精美物品呢?但一种物质能拥有另一种物质吗?

生命是有限的,生命本身无甚终极意义,拥有物质、房产、钱财的意义也是很有限的,因为生命连自己都无法永远拥有。我们要成功,要获得力量,要财务自由,但都没必要贪欲过度,用力过猛。

凡是用力过猛都会遭遇强烈反作用。历史上的大贪,刘瑾、和珅,等等,都是用力过猛。把生命和自由都搭进去了,哪怕把全世界的财产给他们,又有何用?!

(2020年10月4日)

美国 —— 留学生活

老 K——美国留学生活点滴

老 K 是我九十年代中期在美国的大学读博时的导师。大学里习惯称导师为老板，所以老 K 也就是我的老板。

老板全名是娄威尔·金斯伯特。因为姓的第一个字母是 K，系里几个华裔学生背后都叫他老 K。叫着方便呗，比叫 Dr.Kispert（金斯伯特博士）省略了好几个音节，舌头可以多休息休息。但当面见到老 K，我们都毕恭毕敬地叫他金斯伯特博士。

金斯伯特博士是化学系主任，EPR（电子自旋共振）领域的世界顶级专家，所以我们自然对他很尊敬。

美国大学里各研究组的学生、学者的来源，都非常丰富，有美国的、欧洲的，也有来自日本、中国的。但几乎从来没有见过来自南美（如墨西哥、智利、阿根廷等）、南亚（越南、柬埔寨、印度尼西亚等）、非洲的研究生或学者，印度除外，不知为什么。

所以，每个组里或多或少都有几张华裔面孔。

我刚进化学系老 K 研究组时，老板的一些故事，都是从孔姐、小蔡和老张那里听来的。

老 K 是德国人后裔，个子高高的，棕褐色卷毛，一看就是正宗盎格鲁 - 撒克逊（Anglo-Saxon）白人血统。我进老 K 组里时，他大约 55 岁，刚结婚不久，是他第一次结婚。

我们私下闲聊时，同组的老张每次谈到老板的婚姻，我都能从他的语气里听出一些愤愤不平。

老张那时50岁的样子，是某师大的教授。不知哪里来的神通，八十年代中就作为访问学者到美国老K组里待了4年，然后返回中国大陆了。我到老K组里没出一个月，老张又联系老板，要求再出来，老板就又邀请他过来做了访问学者。这次他太太，一个典型的北京女人，一起跟着他出来。所以老张对老板的了解比刚到组里不久的我清楚得多。

在美国的大学研究组里的学生、学者主要有这几类：一是攻读博士学位的，除了在系里研读各门博士必修课外，其余时间基本都在导师组里做研究工作，拿导师的研究奖学金，我属于这一类；二是访问学者，是别校（包括中国大陆）的教师、教授，被邀请到组里来做一定时间的研究工作，时间一般1～3年不等；三是博士后，主要是刚拿到学位的新鲜博士，申请到各大学的知名研究组里，继续做研究工作，目的是增加研究经历和加强学术背景。还有系里的本科生有时也会申请到组里来，做些辅助性研究工作，但都是短期的，1～2个月。

我组里曾经来过一个非洲裔的本科学生，我们在工作之余有时会天南海北闲聊。有一次聊到各自国家的文化，我讲到中国有京剧、《红楼梦》，有林黛玉、贾宝玉、《西厢记》里崔莺莺等艺术形象。我看到他听着听着，眼睛红了，起初流泪，最后号啕大哭，说，你们都有文化历史，欧洲有灰姑娘、白马王子、水晶鞋，你们有熊猫、猴王，还有你刚说的什么"林带悦"，可我们非洲什么都没有，什么文化历史传说都没有，呜呜……

小蔡是我师兄，台湾来的，比我早两年就进了研究组。

但毕业的时候,我们同时答辩,同时拿到博士学位,同时参加学校的毕业典礼,老 K 因此省了多组织一次答辩会、多参加一次这样的典礼。小蔡用了 5 年半拿到博士学位,我只用了 3 年半。这是后话。

小蔡白白胖胖的。我从没见过男人皮肤这么白,脾气特别好,性格很温和。

我刚到美国时,没驾照,没买车,所以经常在周末跟着小蔡夫妻,搭他们的车到附近大城市伯明翰购物。我们就读大学所在的大学城,塔城,90 年代中期那里的华人很少,所以买不到华人食材,但伯明翰有。我们经常去一个很小的华人超市,华人老蔡开的,我们叫其老蔡店,真正的店名反而不记得了。

小蔡太太是个台湾女孩,属于小巧玲珑型,很嗲,经常当着我的面就跟小蔡撒娇。她的脸轮廓清晰,鼻梁高挺,眼睛也大,有立体感,远看是个美人。但有个致命的缺点,皮肤不好:一是颜色不正,不白;二是近处细看有点疙里疙瘩的。

但她一点也不忌讳这。一次我们乘着车去伯明翰的路上,她用手摩挲着小蔡的脸,用娇滴滴的嗓音说:"老公,要是你的皮肤给我多好啊;小高你说是不是啊。""好,好,你拿去。"小蔡装作没好气地回答。

跑了几个店,购好物品,准备回程时,蔡太太忽又要去一个化妆品店。小蔡有些不耐烦了,道:"小高和我都要赶紧回去,还有事。"

蔡太太娇滴滴地柔声央求:"就等我一会会,一会会就好。"

对这样的女孩,小蔡怎么也不会有脾气。我接触过的几个台湾女孩,性格脾气都比较温柔。

一次在小蔡家里，蔡太太拿出了他们的结婚礼服照相册给我看。照片里的她化了妆，光线肯定也都修饰过，真的和电影明星不相上下。蔡太太听了我的夸奖高兴得不得了。那天她做了很多好吃的给我吃。但我忘了有什么了。

Elii（艾丽）是组里的 Scientist（研究员）。研究员是长期留在研究组里，协助做研究工作的。她已经在老K组里待了十多年。

艾丽大约50岁的年龄，虽风韵犹存，但显老。西方美女比东方女性的保质期短。西方女性年轻时好看，实际上娃娃时最好看，不是叫洋娃娃么；到了一定年龄就走下坡路了。这和西方白人皮肤缺少色素有关，容易老化。其实黑人的皮肤最光滑细腻，也不容易老化。黑人皮肤是看着难看，摸起来舒服，我和黑人最大的接触就是见面握过手，知道。

艾丽是哈佛大学化学系毕业的博士，和她先生Hand（亨特）教授是哈佛大学同系同学。艾丽约1.7米的个子，金发碧眼，年轻时绝对是大美女。有一次聚会时，亨特说艾丽在姑娘时是哈佛大学的校花。

亨特博士毕业后受雇于现在我们这所大学化学系做教授。艾丽和亨特结了婚，跟着来到大学城。

这是闲话，言归正传。因此，艾丽堂堂一个哈佛博士，只能屈居在老K组里做个研究员。研究员不是大学的直接雇员，是不违反任何规定的。艾丽也算是为了爱情付出、牺牲了许多。

不知为什么，艾丽和我的关系比较好。她爱开些带点风情的玩笑。有一次我们谈得高兴，她开玩笑说，Gao，我要是年轻20岁，就和你谈一场恋爱，我会让你对我疯狂。我只能一笑了之。估计她年轻时在学校里没少让男孩为她疯狂。

老K很聪明，称呼我们外国学生的名字都是怎样容易叫就怎样叫，根本不管什么姓、名之分。大陆的或台湾的，他就叫Gao, Cai, Zhang等，因为比叫我们Guoqiang, Lingchong什么的容易发音多了。

所以艾丽称呼我为Gao。艾丽苗条得不正常，太瘦了。原因是她每天只吃晚餐一顿饭，从来不吃早餐、中餐，上班时，就靠不断抽烟、喝咖啡来维持。我见到她，手里几乎永远都拿着个咖啡杯。我劝她应该吃点早餐，她不屑一顾。

艾丽和我闲聊时谈到，她是二次世界大战后，德国战败，跟着全家到美国来的。她父亲Feet（费特）是慕尼黑大学的一个著名教授，光学专家，在提高光学镜面透光率，减少反射的物理涂层的理论和应用领域有很大贡献。

德国战败后，美国把一批顶尖的德国科学家弄到了美国，其中最有名的是火箭专家沃纳·冯·布劳恩，曾是著名的V2火箭的总设计师。美国将他和他的设计小组带到美国，任美国国家航空航天局的空间研究开发项目的主设计师，主持设计了阿波罗4号的运载火箭土星5号。

美军联络官找到艾丽的父亲费特教授，通知他全家搬迁到美国去。她父亲不愿意离开德国，起初拒绝了。美军联络官只说了一句话："现在是战时，你自己权衡一下吧。"于是，艾丽全家移民到了美国。

艾丽的父姓是Feet（费特，直译是脚），她老公姓Hand（亨特，直译是手），我觉得有些好笑，于是对艾丽开玩笑道，你们一手一脚，多般配啊，天生的一对。艾丽听了哈哈大笑。

艾丽有一点点神经质。有一次上楼，看她瘦得不行，都爬不动楼梯的样子，我就上去扶她一把。她显得很不高兴。这里面有文化的不同，西方人不喜欢被当弱者，所以老人不期望别人给他们特殊对待，如给予类似扶一把、让座这样的帮助，因为这表示把他们当另类看待了，有一点歧视的味道。另外，艾丽跟我解释说，她少女时，碰到盟军飞机大轰炸德国柏林，巨大的爆炸声，到处房子倒塌、起火、尸体，给了她很深的惊吓和刺激，因此多少有些神经质。

我进老K组里后近半年，从没见过老K太太，即金斯伯特太太。但通过老张、小蔡，特别是张太太，对她的情况已耳熟能详了。

金斯伯特太太和老K结婚前，结过三次婚，生过六个孩子，年龄比老K还大1岁。而老K是第一次结婚。这大概就是老张愤愤不平的原因。

一次在老张家吃饭，说着说着，张太太又八卦起老K的婚姻。张太太一口京腔，绘声绘色地说："上次老张在老K组里工作时，那是5年前了，我和老张就为老K的婚姻着急，都50的人了，还单身一个，都不知道他怎么想的。我还曾经帮他介绍一个，我在教会里认识的，没成。后来化学系的Mitchell（米切尔）教授，就是那个女教授Rose，把她的妹妹介绍给老K。我们都见过这个女孩，才三十多岁，很好的一个女孩，要是能成多好。结果，还是没成。一定是老K小气，舍不得花钱在人家女孩身上。不知道他哪根筋搭错了，现在找了这样一个女人，孩子都生过6个，年龄比老K还大。"说着说着，张太太好像气又上来了。

我听到他们背后这么八卦导师的私事，觉得挺不妥，对金斯伯特太太也很不公平。但转而想，他们确是真关爱老K，才把他个人的事错当成家人的事来管了。

张太太说老K小气,舍不得花钱,我立即想起了老K开的车。

老K是教授,又是化学系主任,九十年代中期年薪就十多万美元,那时是挺高的。可他却开了一辆全系最旧、最破的车,一辆80年的Oldsmobile,开了十多年,一直不换;停在化学楼前,很招摇,比所有学生开的车还旧、还破。

我到美国后约三个月,就买了一辆二手Toyota花冠车。那时是个穷学生,可是比老K的车还是新了许多。

有一天,老K的车进了修车行。车修好后电话过来叫他去取车。老K叫我开车送他去。一路上,老K向我絮絮叨叨他的车:"车是旧了些,但引擎、变速箱、车架等都还是好好的,换辆车多可惜,多浪费啊。再说,这辆车跟着我10多年,也有了感情,每天见着跟自己的小伙伴似的。这不,刚拿去车行把气缸拆洗一下,再开几年是没问题的。"

他又教导我:"Gao,记得每三个月一定要给你的车换机油。汽车只要勤换机油,就可以一直开下去,不会出问题。"

听了导师的一席话,我才理解了他为什么舍不得换车。不是张太太八卦的小气。老K自己虽然开一辆破车,但他结婚后给金斯伯特太太买了一辆林肯豪华车,可见一斑。

老K的教导对我有一定的潜移默化作用。我后来买了车就一直开着,很少中间换,把车当家里一员,不追新立异。

第一次见到金斯伯特太太,是邀请她和老K来参加华裔学生在学校举办的春节联欢会。

大学里的华裔学生,包括少量华裔教授,主要是中国台湾和大陆的,加少数从中国香港、东南亚国家来的。九十年代初，美国校园里台湾学生很多，大陆学生少。后来才倒过来。

平时大陆留学生和台湾留学生都各自有学生会，不在一起举办活动。但每年春节时，大陆学生和台湾学生都联合举办春节联欢会。其他地区的华裔学生数量较少，都被邀请来参加。

学生会邀请校长、教务主任等主要领导人来参加，学生则邀请自己的导师和家人来参加，所以是学校每年很热闹的日子。

联欢会在学校最大的一个餐厅举行，餐厅顶头是一个舞台，张灯结彩，两边挂着大红灯笼，下面排着一排排铺着桌布的长条形餐桌，宾主面对面坐定，边吃中餐，边看学生会组织的演出。中餐都是从附近几个中餐馆预定的。因为数量大，到点时，十多个学生自己开着车到几个中餐馆把一盒盒用铝膜盖着的热乎乎的食物运到会场。

进餐是自助餐形式，自己取个盘子拿爱吃的食品。春卷、炒饭、炒面、蒙古牛、甜酸鸡、Teriyaki芝麻肉等，是必不可少的。说实话，这些中餐都是改型后迎合西方人口味和饮食习惯的变型中餐。我总结的海外变型中餐的最基本规律或原则是：全是能简单直接入口，味道甜甜酸酸，没有需要边吃边吐的东西如骨头，鱼刺等，颜色和样子都相对要比较好看。

老K和金斯伯特太太来后，我和小蔡招呼他们俩入座。等宾主都坐定这才看清楚金斯伯特太太的模样来，50开外，略显胖，中等个子，褐色头发，脸相像是英格兰人种。金斯伯特太太人挺温和，和我们说话有些慢，但稳重有条理。他们显然不是第一次来参加华裔学生的新年联欢会了，看他们挺自在，老K也比较喜欢中餐，吃了整整两大盘才罢休。

餐后看学生演出时，老K和金斯伯特太太心情很愉快，老K把身体斜靠着金斯伯特太太，金斯伯特太太一只手搂着他，另一只手在老板的头发上不断摩挲，老K像只接受主人宠爱的猫咪，挺享受的样子。我和小蔡看着这一幕，会意地互相眨了眨眼。想起小蔡曾经跟我说，金斯伯特太太人挺好的，她年轻时经历得比较多，又生了许多孩子，挺艰难，懂得理解别人的难处。自从老K和她结婚后，可能是受她的潜移默化，老板性格也变温和了些，对学生也相对不再那么苛严。据老张说，以前有学生到老K办公室汇报研究工作，老板一不满意，直接将学生的实验本甩出了办公室。真庆幸自己是老K结婚后才进来的，呵呵。

金斯伯特太太挺关爱老K的。我毕业离开塔城后，每年圣诞节都要和老K互送圣诞卡。老K寄来的圣诞卡是金斯伯特太太一手操办的，信封里不仅有她书写的圣诞卡，还有一张打印的老K当年活动简历，记录了老K这一年经历的大事，比如去哪里旅游，到哪里开会，等等，诸如此类。多少年都一直如此。可见，金斯伯特太太是多么细心和用心！有几个太太对丈夫能做到这么上心。

从老K和金斯伯特太太身上，领悟到，不能用世俗的眼光看待别人的婚姻，更不能用不同的文化价值观去加以评判。简单粗暴地只从年龄和物质条件去判断别人是否般配、幸福，很多时候是有失公允和不准确的。

（2019年1月5日）

师兄良

某作家说,时代的一粒灰,落在个人头上,就是一座山。八九十年代出国大潮,有些人被推到了山上,有些人被压在了山下。

在美国大学里读博时,系里来了一位女博士后,大陆的,矮矮胖胖,是从瑞士苏黎世联邦理工学院(ETH)博士毕业后过来美国的。那时美国大学里流行一种说法:世界上有三种人,男人、女人、女博士。意思是女博士比较另类。这是赤裸裸干涉别人的私事和侮辱人格,不就是因为女博士中有许多"圣"女么。但今天要说的故事不是关于"圣"女,而是我师兄,良。

良是我在上海工业大学读研究生时的师兄,高我两级。良不仅学习成绩好,情商也高出我们同龄人一大截,处事玲珑剔透,透着上海人的通透精明,颇得我导师喜爱,也深受系里看重,任命他为冶金系研究生班班长。

良读研第一年就交了个同校女朋友,小林,是上工大冶金系本科二年级的。小林经常到我们研究生男生楼来找良,跟我们又是一个系的,所以都熟识。

那时候上工大学生都统一穿校服,米黄色带西装领的那种。男生穿上校服看起来很一般,还觉得有些猥琐;而女生穿上则显飒爽英姿,小林就是穿了校服特别好看那种。大概姓林的人家有美丽基因，林姓女孩漂亮的偏多。

师兄毕业后留校工作，很快和小林结了婚，一年后生了一对双胞胎儿子，我们几个同学都去师兄家祝贺，师兄和学妹挺幸福、美满的样子。说实话，我心里挺羡慕师兄的，工作、老婆、儿子全有了，而我还天天埋首实验室里做研究，啥也没有。

要不是后来师兄出国，他们俩大概率会一直是美美满满的一对，幸幸福福的家庭。

我毕业后离开上海工大，去南京某高校工作，不久听说师兄出国了，是被公派去苏黎世联邦理工学院进修两年；师兄和上工大签了协议两年后一定要回国。

后来我忙于出国考托福和"鸡阿姨"，上工大的事不关心，很少听到来自上工大的消息，到美国留学后几乎断了联系。

闲话少说。在美国大学里和女博士渐渐熟了，中间在系里休息室喝茶喝咖啡聊天时，少不得东拉西扯。我忽然想起师兄也是到 ETH 留学，便问女博士认不认识良。

女博士倒吸一口凉气，说世界真小。她不仅认识良，他们还是在一个导师组里的。

关于师兄良出国后的故事，引述自女博士，算起来女博士是良的师妹。

良去瑞士后，他太太一个人留在上海带一对双胞胎。中间良给太太办理去瑞士探亲手续，但系里不批，因为希望师兄两年后按时回国服务。

两年到期后，良违约不履行归国协议，继续待在瑞士，他太太出国探亲更加无望，如此他们两地分居了若干年。后来良跟大学里一个来自大陆的女生同居。再后来师兄和小林协议离婚了，双胞胎儿子都归了女方。良后来定居在瑞士，小林后来怎样，没人知道。

听了女博士讲述师兄的故事，我为学妹小林的遭遇唏嘘感慨了好一阵。

在时代的大潮中，个人的命运就如大洋里一叶小舟，上下颠簸，左右摇晃，不知何时就被一个浪头打没，无踪无影了。

（2020年4月28日）

邻 居

九十年代中刚到美国留学，第一年租住在校园附近的一栋小洋楼里。小楼两层，楼上楼下各两户，每户一室一厅一厨一浴。我住一楼，因此空间上紧挨着的是一楼隔壁的一户，和我直上面楼上的一户。

楼的隔音本来不错，邻居讲话声是听不到的，但大的声响，如移动家具、东西砸地板上、高声喝叫等还是听得一清二楚。

楼上住了一个白人女生，隔壁住了一个黑人女生，都二十岁左右样子。经常看到或遇见白人女生开一辆白色旧车去上学，黑人女生则骑一辆半新不旧的自行车去学校。

我不喜欢管别人闲事，但观察和获取信息能力很强，可能是长期做科研工作不自觉形成的习惯。搬来住了几个月，关于一白一黑女生归纳出如下信息：

1) 白人女生是法律系的，有一个固定的在外地上学的男朋友，平时看不到，一到周五下午或傍晚就开着车来会女友，周日离开。

2) 黑人女生有许多不固定的黑人男朋友，这些男人不分工作日或周末，随时都会上黑人女生的门。这些男人有些是学生，有些看上去是社会上的。

这两个女生的男友来访，不一定要眼睛看到，用耳朵就能听到。

楼上白人女生家通常比较温和，听到楼板上传来一阵非常轻微的、有规律的床的吱扭声，我就知道她男朋友到了。

但有一次，中间好像有两周没见到（听到）楼上那家男朋友来，忽然听到外面"吱"一声急促的汽车泊车声，"咚咚咚"的上楼梯声，然后就听到楼板上响亮的"扑通"一声，仿佛是东西倒地，判断应该是人倒地声，紧接着传来一阵肆无忌惮、疾风暴雨、有规律的人体撞击地板发出的"扑通、扑通"声，持续了好一段时间，才逐渐平息。

唉，一定是"可怜"的白人女生一开门遭男友就地正法了。

相比楼上温和的白人女生，隔壁的黑人女生可以说给我带来了骚扰。一是比较频繁，不分是否周末，不分昼夜；二是黑人女生十分夸张，经常忽然传来撕心裂肺的尖叫声，或愉悦享受的呻吟声，完全肆无忌惮和不顾邻居的感受。

某夜我呼呼睡得正酣，突然被隔壁传来猛烈的床体撞击墙的"咚咚"声吵醒，接着听到黑人女生传来一阵响亮的尖叫声，然后转为"啊、啊"的呻吟声，在宁静的深夜中特别响亮和刺耳，我怀疑不仅我们这栋楼，附近街区里许多居民都能听到。

半夜被吵醒的后果很严重，后面接着再想入睡就困难了。就在那晚，我动了另外找地方搬走的念头。

后来我搬到了一处公寓，周围几家全是华裔留学生家庭，从此再也没听到过类似的骚扰声响，夜夜都能安静入睡。

还是咱们华裔比较含蓄和内敛。

（2020年5月4日）

比萨好吃

今年在美国过圣诞节时又到Costco(中译：开市客)超市吃了一个大比萨。去那里吃比萨的原因是，Costco是个会员制超市，很多美国人去那里采购大批量商品，Costco就在入口处边上开了个卖餐饮的窗口，主要卖热狗、比萨、三明治，质优价廉，有犒赏一下来购物的顾客的意思，顾客在超市里走来走去购物也正好饿了。除了好吃外，就是顺便。

要说美国也确实是养人的地方，Costco超市的18英寸(直径，合到0.46米)大比萨，才9.95美元(约合66人民币)。难怪美国有这么多超级"大胖纸"。在中国，12英寸的比萨也得100多元，况且根本就没见过有18英寸的大比萨！

比萨是我最喜爱的食品之一。曾记得20多年前初到美国留学读博，经常和同学到学校附近一家叫God Father（神父）的比萨店吃自助餐，只要3.99美元。

美国的自助餐叫Buffet，音译"包肥"，这不就是包你变肥么！ 自助餐店贴出的宣传广告统一为"All you can eat"，意译"吃到撑"。这有些搞笑，不知是谁发明的美国自助餐。有一种说法，确实最早是美国华人餐厅发明的"包肥"。

第一次去吃比萨自助餐时，中午去的，我吃了3盘，同学吃了4～5盘。第二天中午，我叫他出去吃午餐，这位仁兄拍拍圆鼓鼓的肚子，说，要吃啥子午饭，昨天不是吃了比萨包肥了么!

去这家神父比萨店吃自助餐的人如此之多,白人、黄人、黑人学生都有,络绎不绝。价格太便宜,学生食量又特别大,第二年该店就生生被吃得关门倒闭了。

神父比萨吃倒闭后,学生们转战到一家 CiCi PiZZa,是全美连锁比萨包肥,记得是 4.99 美元一人,其比萨质量、品种更好更多。

CiCi 有一款菠菜比萨,是该店特有的,我每次去吃,除了大快朵颐肉圆、香肠、菠萝等 topping(比萨上面的各种料叫 topping)的比萨外,都惦记着吃几块刚出炉的菠菜比萨。

我们就读的大学所在地塔城(Tuscaloosa)没有 CiCi 比萨店,但附近的小镇 North Port(北港)有一个,开车过去约 5 英里。同学们经常结伴过去,最多一次记得有 20 人,浩浩荡荡杀向比萨店,占了店里长长几桌,到处洋溢着青春快乐和比萨的香气。

我一直认为只要到美国留过学,待过几年的,都会喜欢上美国的比萨。当然这是主观想法,没有真正调查研究过。我自己是属于天生喜欢比萨的,第一次吃就觉得好吃无比。现在回美国,偶然还去吃 CiCi 比萨包肥,只是已经不及当年勇了,只能吃 2 盘。

这边常听人说比萨不好吃,觉得那是没有吃过真正的比萨和好比萨。在中国,最好的比萨在棒约翰(Papa Johns)。我儿子暑期从美国来中国度假,吃了这边的棒约翰比萨,说感觉就如回到美国了。其他地方的比萨都不咋样,必胜客的比萨有些走样,其他私人店做的比萨可想而知。

吃比萨有两点注意:

1）一定要刚出炉的新鲜比萨，趁热吃。

2）直接用手拿着吃，不能用刀叉吃。用刀叉慢慢切着吃，结果比萨都凉了自然降低了美味程度。没见过美国人拿着刀叉优雅地吃比萨的，都是大手抓起一块就往嘴里送。

3）比萨以刚出炉后，拿起一块能拉出长长的奶酪丝为佳。能拉长长的丝说明用的奶酪质量好，比萨新鲜刚出炉。

（2018年2月1日）

戴茵丝

戴茵丝（Dinnes）和她女儿爱琳（Eleen）是敲了我家门，上门传福音，逐渐互相认识，成为朋友的。

那天周六下午，我和太太没出门，在家闲着看书，看电视。忽然"叮咚"一声，大门的门铃响了。

"是谁啊？"

"是我，Dinnes。"门外一个女声回答。

我一开门，见是一个瘦高个女人，很有风度，穿着黑色打底的衣服，上下一身穿搭得十分讲究、漂亮、有气质。身后还跟着个二十岁左右的女孩。

她笑容满面地跟我打招呼，说是来传福音的，然后问："我们能进屋坐坐吗？"

我们把她俩请进了屋。从此多了两个新朋友。戴茵丝母女以后经常来我家，除了传达福音，也会讲些她自己的事情。

下面我转述的她的故事，完全真实。情节犹如小说，曲折、离奇、感人，拍成好莱坞电影一定好看。

以下为戴茵丝的故事梗概。

我见到戴茵丝时，她约45岁的年龄，是法国人后裔，六十年代末出生在加拿大魁北克法语区。她在上大学时认识了一个加拿大商人，双双坠入爱河，在加拿大结了婚。婚后夫妻双双来到美国加州，打算在美国发展，在美国生下了女儿爱琳。

有了女儿后，戴茵丝留在家里带小孩，她先生则在外做生意，经常外出。在女儿三岁时，她先生在外面认识了个年轻女孩，移情别恋，不能自拔，向戴茵丝提出离婚。

由于男方有收入，而戴茵丝当时没有工作，于是女儿判给了男方。戴茵丝一无所有，失去了一切，只好孤身回了加拿大魁北克。

回加拿大一年后，由于极度思念女儿，戴茵丝只身重新回到美国，在离前夫家不远的地方租了一个农场里的简易房，很便宜，安顿了下来，一个人生活得很艰辛。她努力取得了法语教师的资格证书，在附近的中学里教法语。这样既有了生活来源，又能不时地去看望女儿。虽然艰难，心却充实了。

她前夫离婚后，和那个女孩结了婚，并生了个小男孩。我们认识戴茵丝时，她女儿爱琳已经二十岁了，偶尔几次还见到过她带来的前夫家的五岁小男孩。

有段时间，戴茵丝突然好几个周末没有来我家。后来了解到，原因是前夫和他的太太因吸毒贩毒，被法院拘捕了。

法院经她女儿爱琳和前夫的那个儿子的同意，两个孩子现都转由戴茵丝监护。主动照看跟她毫无关系的、前夫跟别的女人生的未成年儿子，戴茵丝得多有爱心啊！

我最近又见到戴茵丝。听她说女儿爱琳已经和一个牧师结婚，回了加拿大，生活在魁北克。去年戴茵丝当上了外婆，现在她生活得很快乐、幸福。

有感记之。

（2018年4月2日）

桃花万树红楼梦

说说妙玉和黛玉

《红楼梦》所有人物中,黛玉可以说是完美、高雅、才情、品位的化身。

读过《红楼梦》全集许多遍,觉得里面最可爱的人物就是黛玉、妙玉、晴雯。现在有些人说不喜欢黛玉,而喜欢宝钗,个人觉得这是当今物质和金钱崇拜的世俗化、市侩化社会的一种文化、精神和诗意的衰退,挺悲哀;要么就是根本没有读或认真读过《红楼梦》全集。

黛玉的美和可爱是要用心去体会的。

虽然没觉得宝钗如许多红学评论中所分析的那么可恶,但也没有什么可爱之处。

金陵十二钗的命运,在红楼梦第五回《贾宝玉神游太虚境 警幻仙曲演红楼梦》中,宝玉在太虚幻境警幻仙姑的房间里见到的十二钗判词和十二支曲中,都写得清清楚楚。

看一下黛玉的判词:……宝玉又去取那"正册"看时,只见头一页上画着是两株枯木,木上悬着一围玉带;又有一堆雪,雪下一股金簪。也有四句言词,道是:

可叹停机德,堪怜咏絮才。
玉带林中挂,金簪雪里埋。

在红楼梦中，有所谓的"钗黛合一"。其他10钗都有独立的判词，偏薛宝钗和林黛玉却合用上面的四句判词。"玉带林"倒过来读就是"林黛玉"，"金簪雪"倒过来是"薛宝钗"。因此，上面的判词是说，宝钗有停机德，黛玉有咏絮才；一个可叹，一个堪怜，两人的命运最终都不济。

为什么钗黛要合一呢？我觉得将这两个和宝玉如影随形、最紧密关联的女子放在一起，有可比性。林黛玉和薛宝钗其实反映的是女子性格、性情的两种典型，就如太极图中的阴和阳，差异分明，又不能分开。钗黛有共同之处，姿容都很美，如太极的两幅图，形态几近，黑白秉性不一样。当然，黛玉是洁白的话，宝钗就是黑的了。

黛玉已经很完美、典雅了，但红楼梦中还有个人物，显得比黛玉更高傲、高洁、高雅。

那就是妙玉！

红楼梦十二支曲中的《世难容》，是这样描写妙玉的："气质美如兰，才华馥比仙。"说明妙玉有与众不同的气质和才华。

妙玉本也是富贵人家的小姐，只因儿时生病，和尚道士点拨说必须出家修行。因缘际会，来到贾府大观园内的栊翠庵，贾家的家庙，带发修行。

一般的观点，妙玉是仰仗着贾家生活，有点寄人篱下的味道。这一点我感觉不出来，也不能认同。妙玉出生富贵人家，虽然离家修行，她家一定关爱、惦记女儿，会不断接济妙玉。从妙玉喝茶用的器具、水如此讲究，用的茶杯是成窑的五彩盖钟，要知道成窑的杯子不要说现在，过去就价值不菲，可推知妙玉的日常生活一定不是靠贾家施舍，而是有丰厚的支持。

正是由于妙玉并不仰仗别人生活，财务自由，妙玉自带一种凛然不可侵犯的高洁气质。时间久了，贾府上下也都知晓她的脾性，轻易没人去栊翠庵打扰她，她也乐得清静。

只是这清静中难免有些孤寂。孤寂本是人生常态，是人都难免。但有的人总想着用声色耳目之娱来弥补，而有的人则将之化作一种享受。妙玉属于后者。

妙玉偶尔也走出栊翠庵。比如黛玉、湘云在凹晶馆联诗那晚，两个人联诗联得好好的，妙玉突然走出来，制止二人继续往下做，说"太悲凉"，然后自己续了几十句。这一节既可见妙玉超然的气质，也可见她莫测的才华。因为她终究是个修心的方外之人，所以，像这样一展才华的机会少之又少。

除去妙玉与众不同的气质和才华，读者最关心的是，她和宝玉之间的感情：他们究竟有没有小小的哪怕是那么一丁点儿的暧昧呢？

回到红楼梦第五回：……宝玉又往后看时，后面画着一块美玉，落在泥垢之中。其断语云：

欲洁何曾洁，云空未必空。

可怜金玉质，终陷淖泥中。

妙玉的这段判词"云空未必空"，已经讲得非常清楚。一个正值妙龄的少女，对像宝玉这样一个非凡、超脱、有才情的少男存一份别样的好感，我觉得是必然的。但这种好感应该主要是一种精神和灵魂的相通，因为整个大观园中，妙玉是"高级知识分子"，能和她有一点精神境界共鸣的，只有宝玉、黛玉几个人。在精神上妙玉是把他俩当作知己的。

所以，妙玉对宝玉是好的，是特别的好，格外的好，对宝玉总能例外。

例如，在芦雪亭即景联诗的时候，宝玉落第受罚，李纨罚他去找妙玉要红梅。李纨说："我才看见栊翠庵的红梅有趣，我要折一枝来插瓶。可厌妙玉为人，我不理他，如今罚你取一枝来，插着玩儿。"李纨先是叫人跟着宝玉，被黛玉阻止了：如果有人，反倒要不来红梅。李纨点头说是。果然，宝玉顺利完成任务，妙玉对宝玉"额外开恩"，折了一枝红梅给他。虽并没如他吹嘘的那样"不知费了多少工夫"，但换作其他人，只怕是费再多工夫，也未必能得。

还有，宝玉的生日，妙玉这个"槛外人"竟然给他送来一纸生日祝福。这是多么不寻常之事！难怪宝玉为了回帖为难得坐卧不安。不易得的东西当然最珍贵，妙玉何曾主动给其他人送过字帖？

人生在世，无论多么孤寂、清苦，但若有一二知己相伴，也不枉这一世。宝玉之于妙玉，是朋友，是知己。他们之间的情谊，只有真诚无瑕的友情，并无一点超越情谊以上的暧昧。

妙玉和黛玉是一种什么样的关系呢？妙玉既把黛玉引为知己，又觉得黛玉的修养还到不了和她一样的高度，所以偶尔会嫌黛玉俗气，还会批评黛玉。黛玉对妙玉则总是尊敬有加，见到妙玉尊称她为诗仙。面对妙玉的批评，黛玉一般都默默受了，从不反击。这里不仅是因为对妙玉的尊敬，也可以看出黛玉有多么高的修养。

举例，黛玉和湘云在凹晶馆联诗那次，妙玉出来，黛玉对她非常尊敬，称妙玉是"诗仙"，说："平时我们都不敢请教你，正好今天你难得有这个雅兴出来，你看看，我俩写的诗行不行？不行的地方你给我们改一改，实在不行就不要了,你给续几句。"可见,黛玉在妙玉面前是非常谦卑的,要知道黛玉在大观园里是最才气横溢的女子了,说明妙玉的才华是多么的出众!

妙玉批评黛玉是俗人,看一下红楼梦第四十一回《栊翠庵茶品梅花雪 怡红院劫遇母蝗虫》:

贾母带着刘姥姥及一众女孩和丫鬟往大观园中妙玉带发修行的栊翠庵来。妙玉用成窑五彩小盖钟,用旧年蠲的雨水,泡了老君眉,端给贾母尝。贾母便吃了半盏,笑着递与刘姥姥说:"你尝尝这个茶。"刘姥姥便一口吃尽。

妙玉见她的"官窑脱胎填白盖碗"被刘姥姥用了,便嫌脏不要了,命人:"将那成窑的茶杯别收了,搁在外头去罢。"

妙玉便把宝钗和黛玉的衣襟一拉,二人随她出去……宝玉悄悄的随后跟了来……妙玉自向风炉上扇滚了水,另泡一壶茶……宝玉细细喝了,果觉轻浮无比,赞赏不绝……

黛玉因问:"这也是旧年的雨水?"妙玉冷笑道:"你这么个人,竟是大俗人,连水也尝不出来。这是五年前我在玄墓蟠香寺住着,收的梅花上的雪,共得了那一鬼脸青的花瓮一瓮,总舍不得吃,埋在地下,今年夏天才开了。我只吃过一回,这是第二回了。你怎么尝不出来? 隔年蠲的雨水那有这样轻浮,如何吃得。"

这段描写颇值得玩味。许多人认为妙玉是自恃清高,瞧不起黛玉。更有甚者认为妙玉见到黛玉,是情敌见面,分外眼红,所以逮个机会损她。为什么说妙玉和黛玉是情敌呢?就是因为前面说的妙玉对宝玉有那么一点点所谓暧昧。

其实妙玉此言并非真的讽刺黛玉,而恰恰说明了黛玉的高雅之处。妙玉认定黛玉是个有雅趣之人,引为知己,所以愿意和她亲近，让她品茶，拿出都舍不得给贾母喝的梅花上收的雪水给黛玉品尝，亲自在风炉上扇滚了水，亲手泡了茶，是多么看得起黛玉，不料黛玉却品不出来，妙玉有些恼怒罢了。试想，如果伯牙弹琴，子期在一旁听不懂，伯牙生不生气！

妙玉带发修行，最喜欢的是《庄子》，她是属于像庄子那一类的超尘脱俗的这么一种高士。她这个尼姑，不是四大皆空，不是真正的尼姑，是一个大观园里的"高级知识分子"。在学问上，尤其在精神上，妙玉高过宝黛钗这些大观园里的"一流知识分子"。她的内心世界是绝对不空的。

至于妙玉身上的一些缺点，比如清高、孤僻、得罪人、看不起像刘姥姥这样的劳动人民，我不忍心对她进行批评。她有她内心的苦，心中有爱却完全不能表露，终身追求高洁和品味却遭最悲惨的玷污，所以我更多的是对妙玉的理解和同情。

（2018年4月7日）

黛玉聪慧绝伦智商情商过人

> 春恨秋悲皆自惹，
> 花容月貌为谁妍。

黛玉孤身一人离开父亲林如海，从扬州来到金陵（注：即南京），进贾府投靠外婆贾母，寄人篱下，孤苦伶仃，独自面对一个名门望族上上下下三四百号人时，年龄才多大呢？

以前无论看87版《红楼梦》电视连续剧，还是传统的越剧《红楼梦》，或是89版北影电影《红楼梦》，黛玉扮演者陈晓旭、王文娟、陶慧敏的年龄，都会让观众产生一个错觉：以为林黛玉进贾府时已是个妙龄少女，至少也有十四五岁吧。

实际上，初进贾府时林黛玉只有6岁，而且还是虚岁，相当于现代实足年龄5周岁。

一个5岁的孩子，说话做事思前虑后，知书达理，分寸有度，礼貌得体，优雅大方，不能不说黛玉是个绝顶聪慧的女孩，同时也受了非常良好的教育。

黛玉的冰雪聪明来自她父母的遗传，后天教育则得益于她的探花进士父亲林如海和启蒙老师贾雨村。

跟踪黛玉的年龄要从红楼梦第二回《贾夫人仙逝扬州城 冷子兴演说荣国府》说起。

贾雨村第一次当地方太爷被革职后，担风袖月，游览天下胜迹,偶又游至维扬(注:即扬州)地面。一因身体劳倦,二因盘费不继,欲寻个合适之处,暂且歇下。因闻得盐政欲聘一西宾(注:即家庭教师),雨村便托友力,谋了进去。妙在只一个女学生,这女学生年又小,身体又极怯弱,功课不限多寡,故十分省力。

上文说得很清楚,贾雨村在盐政家里谋了个家庭教师职位,给一个幼小女生教课。

盐政是个官名,就是扬州的巡盐御史。《红楼梦》第二回中贾雨村到达扬州时,就听说"今岁盐政点的是林如海。这林如海姓林名海,表字如海,乃是前科的探花,今已升至兰台寺大夫,本贯姑苏人氏,今钦点出为巡盐御史,到任方一月有馀。原来这林如海之祖,曾袭过列侯,今到如海,业经五世。起初时,只封袭三世,因当今隆恩盛德,远迈前代,额外加恩,至如海之父,又袭了一代;至如海,便从科第出身。虽系钟鼎之家,却亦是书香之族……今只有嫡妻贾氏,生得一女,乳名黛玉,年方5岁。夫妻无子,故爱如珍宝,且又见她聪明清秀,便也欲使他读书识得几个字。"

林黛玉的父亲就是林如海。林如海的嫡妻贾氏,即贾敏,是威震京都,赫赫有名的贾府史老太君贾母的唯一女儿,即贾赦和贾政的亲妹妹。林如海夫妻就一个女儿黛玉,贾雨村当她的家教时黛玉的年龄说得明明白白,才5岁。

从这一段可以看出,林黛玉出生富贵书香门第,父亲林如海是前科进士,金榜题名第三名探花,已经升官至兰台寺大夫;林如海家庭也很显赫,曾袭过列侯,历经5世;林如海又得了一个肥缺,做扬州的巡盐御史。在古代盐是非常重要的战略资源,是国家的主要税收来源之一,所以掌管扬州盐务是个重要的肥缺。

就是因为林如海家既殷实富足，又是读书官宦世家，贾母才会把宝贝女儿贾敏嫁到林家，正所谓门当户对。

基因是很强大的，父母给了黛玉先天优势的智商和情商。

黛玉母亲贾敏病逝、黛玉离开父亲和扬州，由贾雨村护送到金陵投靠贾府，是雨村当黛玉的家教一年后，也就是黛玉6岁时的事。《红楼梦》第二回：

"堪堪又是一载的光阴，谁知女学生之母贾氏夫人一疾而终……"

黛玉跟贾雨村读书一年后，即6岁时，母亲贾敏因病去世。贾母得知后，致意女婿把黛玉送金陵去。林如海考虑到女儿黛玉"年幼多病，上无亲母教养，下无姊妹兄弟扶持，今依傍外祖母及舅氏姊妹去，正好减我顾盼之忧。"同意了。于是，黛玉洒泪拜别，随了奶娘及荣府几个老妇人登舟而去。雨村另有一只船，带两个小童，依附黛玉而行。

至此，交代清楚了黛玉进贾府的年龄为6岁。注意，古代一般年龄是用虚龄计算，所以实足年龄也就大约5周岁。

各位看官，我们普通俗人6岁时一般还完全不谙世事，遇事不顺心就蛮不讲理，大哭大闹，满地打滚都是可能的，但看才女神童黛玉6岁进贾府前后的行为言语举止。

一，黛玉5岁跟着雨村读书时，就知道避讳念书中和母亲姓名相同的字，凡遇到书中"敏"字，就读"密"字；写字遇着"敏"字，又减一二笔。而且这显然不是老师贾雨村教的，那时候雨村还不知林如海嫡妻贾氏是贾府的女儿，名字叫贾敏，直到偶遇故友冷子兴，冷子兴跟贾雨村述说林如海和贾府的关系，贾府上下七七八八的事，贾雨村才恍然大悟为什么女学生黛玉不肯读和写"敏"字。可见黛玉的悟性灵性成熟得多早。

二,林如海决定让黛玉去金陵后,黛玉"原不忍心弃父而往;无奈外祖母致意务去。"且兼其父说了上文提到的"黛玉上无亲母教养……"一席劝导的话,黛玉才"洒泪拜别"。黛玉作为才6岁的女孩,可见心情多细腻周全,已能考虑不忍心让父亲独自留在家里,告别时还伤心落泪。

要是换成一般的同龄小孩,不定多欢天喜地地一味进京玩去了。

三,林黛玉初进贾府时,就明白自己在贾府的地位,只是受过世母亲贾敏剩余的一些荫庇而已,所以处处小心翼翼。《红楼梦》第三回:

"这林黛玉听得母亲说过,她外祖母家与别家不同。因此步步留心,时时在意,不肯轻易多说一句话,多行一步路,惟恐被人耻笑了她去。"

四,到贾府的第一天,邢夫人领着黛玉去拜访亲舅舅贾赦,贾赦不忍相见,派下人来回话说:"老爷说了,连日身上不好,见了姑娘彼此倒伤心,暂且不忍相见。劝姑娘不要伤心想家,跟着老太太和舅母,即同家里一样。姊妹们虽拙,大家一处伴着,亦可以解些烦闷。或有委屈之处,只管说得,不要外道才是。"

黛玉忙站起来,一一听了。

这一段,贾赦似乎预料到黛玉会有委屈,但向黛玉强调尽管说出来,不要见外。黛玉听到是大舅传来的话,知道重要,她的反应"忙站起来,一一听了"虽只有短短几个字,但把她早熟、懂事、乖巧的形象活灵活现地摆在读者面前。

五，黛玉在舅舅贾赦家再坐了一刻，便告辞，邢夫人苦留她吃过晚饭去，她礼貌婉拒了。一个6岁的孩子，考虑之周全，话说得滴水不漏，让许多大人都要汗颜。看一下黛玉怎么婉拒邢夫人留饭的：

黛玉笑回道："舅母爱惜赐饭，原不应辞，只是还要过去拜见二舅舅，恐领了赐去不恭，异日再领，未为不可，望舅母容谅。"

邢夫人听说，笑道："这倒是了。"

六，黛玉幼小年纪，心思细腻，就知道座位长幼有序，不可造次。《红楼梦》第三回：

黛玉从邢夫人那边到王夫人这边，"老嬷嬷们让黛玉炕上坐，炕沿上却有两个锦褥对设，黛玉度其位次，便不上炕，只向东边椅子上坐了。"

"喝了一会儿茶，老嬷嬷又引黛玉出来，到东廊三间小正房内，王夫人坐在西边下首。王夫人见黛玉来了，便往东让。黛玉心中料定这是贾政之位，不肯坐，只向椅上坐了。王夫人再四携她上炕，她方挨着王夫人坐下。"

黛玉既保持遵循了礼仪，又显得和王夫人亲热，多么聪明乖巧啊。

林黛玉的父亲林如海老家在姑苏，是饱读诗书、儒雅绅士的前科探花，从小对黛玉的言传身教一定对黛玉有很深的影响。

其次黛玉的母亲贾敏，出生于名门望族的贾府，贾府对孩子的管教，尤其是上几代，也是很严厉的，从贾政管教贾宝玉的严厉程度可知一斑。虽然书中对贾敏和黛玉的相处几乎没有着墨，但相信母亲的优雅高贵气质也给黛玉知书达理、善解人意有很大影响。

　　第三是黛玉的启蒙老师贾雨村。贾雨村真名叫贾化，表字贾时飞，别号贾雨村。雨村原来是个穷儒，寄居在苏州阊门的一个葫芦庙内，他本也是"诗书仕宦之族"，只因家势败落，才如此落魄潦倒。他后来得到邻居甄士隐的赞助进京赶考，中了进士，当了知府。贾雨村应该属于有才华，有抱负（也可以叫野心勃勃），又有真性情的人。以贾雨村的才华和进士身份，作为黛玉的家庭教师，是绰绰有余，在早期对黛玉的开化，引导培养黛玉读经论诗、知书达理有极大的帮助、教益。

　　总而言之，黛玉聪明伶俐，智慧通达，善解人意，才华横溢，是红楼中第一流的顶级知识女性，用现代语言，她的智商、情商都极高，真正是曹公笔下"心较比干多一窍"的最聪慧、最有才情的女子。

　　一般人看看《红楼梦》电视剧、电影，就匆匆忙忙草率下个结论说黛玉不通人情世故，尖酸刻薄，实在是没有去真正了解林黛玉的品性，去理解她幼小失去母亲，孤苦伶仃，没有父母至亲依靠的伤心处境。只能说声：很遗憾！

（2018年9月15日）

潇潇芙蓉国 枝枝醉美人——悼晴雯兼品芙蓉花

晴雯是红楼梦中宝玉的丫鬟。晴雯和芙蓉花有何关系呢？

关系大莫甚焉。原来，晴雯是白帝宫中抚司秋艳芙蓉女儿，用现代的话说，晴雯是芙蓉仙子，掌管人间花事的花神。

所以，看到芙蓉，就不能不想到晴雯。

记得小时候读红楼，在懵懂的少年心里，喜欢的就是晴雯，甚至一度超过了对黛玉的喜爱。读宝玉为祭奠晴雯所作《芙蓉女儿诔》里形容晴雯的四句词就知道为什么：

"其为质则金玉不足喻其贵，其为性则冰雪不足喻其洁，其为神则星日不足喻其精，其为貌则花月不足喻其色。"

翻译成白话就是：黄金美玉不足以形容她品质的高贵；晶莹的冰雪不足以形容她身体的纯洁；星辰日月不足以形容她智慧的深邃；春花秋月不足以形容她容貌的娇美。所以在曹公雪芹笔下，晴雯是一个冰清玉洁、羞花闭月的美人。

晴雯无疑是曹公最最钟爱的人物之一，但看那字字珠玑句句血泪的《芙蓉女儿诔》就知道了。

晴雯美丽聪明，高傲泼辣，刚强好胜，在大观园的丫头中是出于众人之上的，深得宝玉的赏识，可以说在怡红院的大丫鬟中，宝玉最喜爱的是晴雯。晴雯的判词说她"心比天高，身为下贱"，虽然是"下等人"出身，但是，性格刚强，聪明，纯洁，心灵手巧。红楼梦第五回宝玉梦游太虚幻境时，看到金陵十二钗的判词。金陵十二钗判词分为正册判词,副册判词,和又副册判词。晴雯出身低微,只是丫鬟,所以只列在又副册判词中。看一下晴雯的判词:

> 霁月难逢,彩云易散。
> 心比天高,身为下贱。
> 风流灵巧招人怨。
> 寿夭多因诽谤生,
> 多情公子空牵念。

晴雯从小被卖给贾府的奴仆赖大家为奴。赖嬷嬷到贾府去时常带着她,贾母见了喜欢,赖嬷嬷就孝敬了贾母。晴雯长得风流灵巧,眉眼儿有点像林黛玉,口齿伶俐,正所谓:"晴有林风,袭乃钗副",晴雯的针线活又好,深得贾母的喜爱。贾母爱孙子宝玉,便将晴雯给了宝玉做贴身丫头。

晴雯的心灵手巧,针线活好,刚强好胜,又重情重义,在《红楼梦》第五十二回《俏平儿情掩虾须镯,勇晴雯病补雀金裘》里表现得淋漓尽致:

晴雯"闪了风着了气恼",病情加重,发着高烧。当晚,宝玉不小心烧坏了用孔雀毛做的雀金裘,她嘲讽宝玉:"没那个命穿也就罢了。"麝月说:"这里除了你,还有谁会界线?"晴雯道:"说不得,我挣命罢了。"在宝玉阻拦后,晴雯道:"不用你蝎蝎螫螫的,我自知道。"她病得"头重身轻,满眼金星乱迸,实实撑不住"。但是"若不做,又怕宝玉着急,少不得恨命咬牙捱着"。因此,不顾自己体弱有病,连夜为宝玉补衣。在宝玉的大丫头中,晴雯是最聪明伶俐的一个,当初贾母把她放在宝玉房中,就是因为她聪明能干手巧,活计做得好。且看这一段晴雯的活计:"先将里子拆开,用茶杯口大的一个竹弓钉牢在背面,再将破口四边用金刀刮的散松松的,然后用针纫了两条,分出经纬,亦如界线之法,先界出地子后,依本衣之纹来回织补。""补完,又用小牙刷慢慢地剔出绒毛来。"在苦苦修补了一夜后,麝月道:"这就很好,若不留心,再看不出的。"宝玉忙要了瞧瞧,说道:"真真一样了。"晴雯已嗽了几阵,好容易补完了,说了一声:"补虽补了,到底不像,我也再不能了!"哎哟了一声,便身不由己倒下。

晴雯也是《红楼梦》中最具叛逆性格的丫鬟。她的反抗,遭到了残酷报复。王夫人在她病得"四五日水米不曾沾牙"的情况下,从炕上拉下来,硬给撵了出去。当天宝玉偷偷前去探望,晴雯深为感动,便绞下自己两根葱管一般的指甲,脱下了一件贴身穿的旧红绫小袄儿赠给他。当夜,晴雯悲惨地死去。

宝玉深感哀伤,《红楼梦》第七十八回:

"独有宝玉,一心凄楚,回至园中,猛然见池上芙蓉,想起小丫鬟说晴雯作了芙蓉之神,不觉又喜欢起来,乃看着芙蓉嗟叹了一会。忽又想起死后并未到灵前一祭,如今何不在芙蓉前一祭,岂不尽了礼,比俗人去灵前祭吊又更觉别致。——竟杜撰成一篇长文,用晴雯素日所喜之冰鲛縠一幅楷字写成,名曰《芙蓉女儿诔》,前序后歌。又备了四样晴雯所喜之物,于是夜月下,命那小丫头捧至芙蓉花前。先行礼毕,将那诔文即挂于芙蓉枝上,乃泣涕念曰:维太平不易之元,蓉桂竞芳之月,无可奈何之日,怡红院浊玉,谨以群花之蕊，冰鲛之縠，沁芳之泉，枫露之茗，四者虽微，聊以达诚申信，乃致祭于白帝宫中抚司秋艳芙蓉女儿之前曰：……"

这就是称晴雯为白帝宫中抚司秋艳芙蓉女儿的来历。

晴雯去世后，宝玉对晴雯的思念有增无减。红楼梦第八十九回：

"宝玉略坐了一坐，便过这间屋子来，亲自点了一炷香，摆上些果品，便叫人出去，关上了门。外面袭人等都静悄无声。宝玉拿了一幅泥金角花的粉红笺出来，口中祝了几句，便提起笔来写道：怡红主人焚付晴姐知之，酌茗清香，庶几来飨。其词云：

　　　　随身伴，独自意绸缪。
　　　　谁料风波平地起，顿教躯命即时休。
　　　　孰与话轻柔？
　　　　东逝水，无复向西流。
　　　　想像更无怀梦草，添衣还见翠云裘。
　　　　脉脉使人愁！

写毕，就在香上点个火焚化了。静静儿等着，直待一炷香点尽了，才开门出来。"

在这首"悼晴雯"词中，宝玉以无限眷恋的心情怀念和晴雯的深厚情谊。

可我以前一直没弄清楚什么是芙蓉，而且书中提到是"池上芙蓉"。

很久以后才搞懂了芙蓉、水芙蓉、木芙蓉、荷花、莲花、水百合之间的复杂关系。

在古代,芙蓉就是指荷花或莲花。荷花和莲花是同一种花,莲为学名,荷为俗名。

相对于长在水里的芙蓉(即荷花或莲花),人们把长在树上的有些像莲花的称为木芙蓉(即现在的芙蓉花)。

久而久之,人们干脆称木芙蓉为芙蓉,而莲花就相对地被称为水芙蓉了。所以现在芙蓉通常指的就是木芙蓉。

再久而久之,人们不称莲花为水芙蓉了,就叫荷花或莲花。

因莲花像百合花,所以民间又有称莲花为水百合的。

由此可见,这木芙蓉和水芙蓉的名称演变还真有一番反客为主或喧宾夺主的故事呢。

因此,晴雯作为芙蓉仙子,也就是荷花仙子或莲花仙子,曹公一定是取莲花高洁,出淤泥而不染的喻义。

在心中,我只当晴雯是统率众芙蓉,包括水芙蓉和木芙蓉,的花神。

1. 芙蓉花。锦葵科植物(Hibiscus mutabilis Linn),花美丽,白色或粉红色,到夜间变深红色.

2. 荷花的别名,睡莲科,多年生水生草木。

一、芙蓉花名称类别

【物种名称】芙蓉花

【中文别名】芙蓉、木芙蓉、拒霜花、三变花、醉芙蓉、三醉芙蓉。

【拉丁学名】Hibiscus mutabilis Linn

【英文名称】Cotton rose

【科属分类】锦葵科,木槿属。

二、时空分布

芙蓉原产于中国，四川、云南、湖南、广东等地均有分布，而以成都一带栽培最多，历史悠久，故成都又有"蓉城"之称。芙蓉现为成都市市花。自唐代始，湖南湘江一带亦种植木芙蓉，繁花似锦，光辉灿烂，唐末诗人谭用之赞曰："秋风万里芙蓉国。"从此，湖南省便有"芙蓉国"之雅称。

三、个体特征

芙蓉属锦葵科，落叶大灌木或小乔林，高可达7米。茎具星状毛或短柔毛。叶大，阔卵形而近于圆状卵形，掌状5～7裂，边缘有钝锯齿，两面均有黄褐色绒毛，花形大而美丽，生于枝梢，单瓣或重瓣，花梗长5～8厘米，着生小苞8枚，萼短，钟形，10～11月开花，清晨开花时呈乳白色或粉红色，傍晚变为深红色。蒴果，球形。

四、生理特征

原产我国黄河流域及华东、华南各地，其花或白或粉或赤，皎若芙蓉出水，艳似菡萏展瓣，故有"芙蓉花"之称，又因其生于陆地，为木本植物，故又名"木芙蓉"。木芙蓉开的花一日三变，故又名"三变花"。其花晚秋始开，霜侵露凌却丰姿艳丽，占尽深秋风情，因而又名"拒霜花"。芙蓉花喜欢温暖湿润的气候，喜阳光，适应性较强。

五、品种分类

木芙蓉，锦葵科，落叶大灌木。原产我国，有三千年以上的栽培历史。

据花的颜色可分为：

1. 红芙蓉，花粉红；
2. 白芙蓉，花色洁白；
3. 黄芙蓉，花黄色；
4. 五色芙蓉，因花色红白相间，又名鸳鸯芙蓉。
5. 醉芙蓉，重瓣花，清晨和上午初开时花冠洁白，并逐渐转变为粉红色，午后至傍晚凋谢时变为深红色。因花朵一日三变其色，故名醉芙蓉、三醉花，又名"三醉芙蓉"，是稀有的名贵品种。清代《花镜》（1688年）里明确记有醉芙蓉，说明我国栽培此花至少有300年以上的历史。屈大均的《广东新语》也载有醉芙蓉"颜色不定，一日三换，又称三醉"，并赋诗云："人家尽种芙蓉树，临水枝枝映晓妆。"

【英文名称】Lotus flower, blue lotus, Indian lotus, sacred lotus, bean of India, sacred waterlily.

【中文别名】芙蓉、水芙蓉，莲花、芙蕖、水芝、菡萏、芙蓉、六月春、水芸、红蕖、水华、荷华、溪客、碧环、玉环、鞭蓉、鞭蕖、水旦等。

【科属分类】科：睡莲科Nelumbonaceae，属：莲属Nelumbo，种：荷N.nucifer

六、芙蓉花喻

芙蓉最早即为莲（荷花）的别名。《离骚》："制芰荷以为衣兮，集芙蓉以为裳。"王逸注："芙蓉，莲华也。"今则多称木芙蓉为芙蓉。也代指美女，元稹《刘阮妻》："芙蓉脂肉绿云鬟，罨画楼台青黛山。"

花语：早熟（Precocity），早上花的颜色是白色或粉红色，一到了午后就会便成大红色。在短短的时间内能有如此变化的花，相当特殊。因此它的花语是早熟、贞操、纯洁。

《长物志》曰："芙蓉宜植池岸，临水为佳。若他处植之，绝无丰致。"吕初泰评曰："芙蓉襟闲，宜寒江，宜秋沼，宜微霖，宜芦花映白。宜枫叶摇丹。"芙蓉临水，波光花影，相映成趣，若芦枫为伴，则更相得益彰。

木芙蓉又名木莲，因花艳如荷花而得名。另有一种花色朝白暮红的叫醉芙蓉。木芙蓉属落叶灌木，开在霜降之后，农历十月就可以在江水边看到她如美人初醉般的花容与潇洒脱俗的仙姿。木芙蓉的花神相传是宋真宗的大学士石曼卿，宋代盛传在虚无缥缈的仙乡，有一个开满红花的芙蓉城。据说石曼卿死后仍有人遇到他，在这场恍然若梦的相遇中，石曼卿说他已经成为芙蓉城的城主。因众多传闻，以石曼卿的故事流传最广，后人就以石曼卿为十月芙蓉的花神。

七、诗品芙蓉

菩萨蛮·木芙蓉

[宋] 范成大

冰明玉润天然色，凄凉拚作西风客。

不肯嫁东风，殷勤霜露中。

绿窗梳洗晚，笑把琉璃盏。

斜日上妆台，酒红和困来。

辛夷坞
［唐］王维
木末芙蓉花，山中发红萼。
涧户寂无人，纷纷开且落。

和陈述古拒霜花
［宋］苏轼
千林扫作一番黄，只有芙蓉独自芳。
唤作拒霜知未称，细思却是最宜霜。

木芙蓉 ［宋］王安石
水边无数木芙蓉，露染胭脂色未浓。
正似美人初醉着，强抬青镜欲妆慵。

（2018年9月5日）

最温暖人心的一访

> 她来自宇宙中一颗尘埃,
> 终将成为一颗尘埃。
> 如果遇见了,
> 请多给一点温暖,
> 因为,她在这里,
> 孤寂了亿万年。

红楼一书中,黛玉本是西方灵河边的一棵草,宝玉是青埂峰下的一块石。但觉得把他们比作两颗尘埃也可以,这星球上的一切不都来自尘埃,又最终归为尘埃么。

往近处说,人类文明一旦中断,只需短短几万年,地球上所有人为的活动和建筑将化为乌有,别想再寻觅到曾经有过人类文明的任何痕迹。

往远处说,当太阳的氢和氦核燃料终于燃尽时,太阳将成为一颗红巨星,体积将不断膨胀,直至将地球吞没,烧为灰烬;再经过一亿年的红巨星阶段后,太阳将突然坍缩成一颗体积非常小的白矮星——所有恒星存在的最后阶段,最终完全冷却,然后慢慢地消失在永恒的黑暗里。

这是宿命,这就是人类乃至这个星球最后的归宿。

多么悲哀的前途啊,多么悲催的命运啊!这还不能让人类看破一点红尘，提高一点境界？这还不能让人多一点洒脱，少一点贪婪，多一点温暖，少一点冷酷吗？

宝玉之于黛玉，是朋友，是知己，更是恋人。黛玉孤苦伶仃，寄人篱下，无父母、无兄弟姐妹，无依无靠，她把所有的感情和未来的赌注都放在宝玉一人上了。

而宝玉呢，对黛玉也不可谓不用心。他们俩从小同居一室，一起戏耍，甚至同床而眠也是有的（注：宝黛初见时只有五六岁）。诚如宝玉所说："当初姑娘来了，那不是我陪着顽笑？凭我心爱的，姑娘要，就拿去；我爱吃的，听见姑娘也爱吃，连忙干干净净收着等姑娘吃。一桌子吃饭，一床上睡觉。丫头们想不到的，我怕姑娘生气，我替丫头们想到了。"

由此可见，青梅竹马的宝黛是有坚实爱情基础的。

但天上掉下个宝姐姐，总在他俩中间晃来晃去，且那么有心机。这难免让本就多愁善感、缺少安全感的黛玉产生猜疑和误会。纯真、清高自许的黛玉又不善于伪装，常常只能以吃醋、生气、伤心来应对，以至于伤了身体。

这不，《红楼梦》第四十五回，在一个秋风秋雨愁煞人，阴沉沉的黄昏，黛玉生着病，孤零零地靠在床上，好不凄凉。于是，她吟了一首词，铺好纸，提起笔，写了下来，名曰《代别离：秋窗风雨夕》

我觉得《代别离：秋窗风雨夕》是黛玉最凄凉、最伤感的一首词，以至于我初中时读红楼读到这一节都感到特别伤心、凄美。有多凄凉呢？我没法转述，还是请看红楼原著吧：

这里黛玉喝了两口稀粥，仍歪在床上。不想日未落时，天就变了，渐渐沥沥下起雨来。秋霖脉脉，阴晴不定。那天渐渐的黄昏，且阴的沉黑，兼着那雨滴竹梢，更觉凄凉。知宝钗不能来，便在灯下随便拿了一本书，却是"乐府杂稿"，有"秋闺怨""别离怨"等词。黛玉不觉心有所感，亦不禁发于章句，遂成《代别离》一首，拟"春江花月夜"之格，乃名其词曰"秋窗风雨夕"。其词曰：

> 秋花惨淡秋草黄，耿耿秋灯秋夜长，
> 已觉秋窗秋不尽，那堪风雨助凄凉。
> 助秋风雨来何速，惊破秋窗秋梦绿。
> 抱得秋情不忍眠，自向秋屏移泪烛。
> 泪烛摇摇爇短檠，牵愁照恨动离情。
> 谁家秋院无风入，何处秋窗无雨声。
> 罗衾不奈秋风力，残漏声催秋雨急，
> 连宵霢霢复飕飕，灯前似伴离人泣。
> 寒烟小院转萧条，疏竹虚窗时滴沥。
> 不知风雨几时休，已教泪洒窗纱湿。

一首词，竟连用了15个"秋"字！尤其是"牵愁照恨动离情""灯前似伴离人泣"等句，凄美、伤感得真让人有一种活不下去的情景。

正觉得活不下去时，书中情节突变，一个人的到访，使整个画风顿时颠倒过来了：

吟罢搁笔，方要安寝，丫鬟报说："宝二爷来了。"一语未完，只见宝玉头上戴着大箬笠，身上披着蓑衣。黛玉不觉笑了："那里来的渔翁！"宝玉忙问："今儿好些？吃了药没有？今儿一日吃了多少饭？"一面说，一面摘笠脱蓑，忙一手举起灯来，一手遮住灯光，向黛玉脸上照了一照，觑着眼细瞧了一瞧，笑道："今儿气色好了些。"

见是宝玉来了，黛玉顷刻从最坏的心情变成"不觉笑了"的最佳心情。宝玉"头上戴着大箬笠，身上披着蓑衣"，像个渔翁一样冒雨来瞧黛玉的样子，既滑稽可爱，又让黛玉感动。

宝玉对黛玉的由衷关爱从他又是温情脉脉地嘘寒问暖，又是用灯照看黛玉的脸色，一览无余。宝玉对女孩儿的那种关爱，细腻，体贴入微，真觉得他是一个很可爱的男孩子。

于是，黛玉的心情大好！读到此处感觉黛玉的病都已消失得无影无踪了。或许她本来就是心病！

接下来就是两个恋人间互相关爱的温馨、美丽场景了。请耐心阅读下面这段文字，细细体味其中脉脉温情：

黛玉看宝玉脱了蓑衣，里面只穿着半旧红绫短袄，系着绿汗巾子，膝上露出油绿绸撒花裤子，底下是掐金满绣的棉纱袜子，靸着蝴蝶落花鞋。

黛玉问道："上头怕雨，底下这鞋袜子是不怕雨的？也倒干净。"宝玉笑道："我这一套是全的。有一双棠木屐子，才穿了来，脱在廊檐上了。"黛玉又看那蓑衣斗笠不是寻常市卖的，十分细致轻巧，因说道："是什么草编的？怪道穿上不像那刺猬似的。"宝玉道："这三样都是北静王送的。他闲了，下雨时，在家里也是这样。你喜欢这个，我也弄一套来送你，下雪时男女都戴得。我送你一顶，冬天下雪戴。"

黛玉笑道："我不要他。戴上那个，成了画儿上画的和戏上扮的渔婆儿了。"及说了出来，方想起话未忖度，与方才说宝玉的话相连，后悔不及，羞的满面飞红，便伏在桌上嗽个不住。

……黛玉道:"我也好了许多,多谢你一天来几次瞧我,下雨还来。这会子夜深了,我也要歇着,你且请回去,明儿再来。"

宝玉听说,回手向怀中掏出个核桃大小的一个金表来,瞧了一瞧,那针已指到戌末亥初之间,忙又揣了,说道:"原该歇了。又扰的你劳了半日神。"说着,披蓑戴笠出去了。又翻身进来问道:"你想什么吃,告诉我,我明儿一早回老太太,岂不比老婆子们说的明白。"

黛玉笑道:"等我夜里想着了,明儿早起告诉你。你听,雨越发紧了,快去罢。可有人跟着没有?"有两个婆子答应:"有人外面拿着伞,点着灯笼呢。"黛玉笑道:"这个天点灯笼?"宝玉道:"不相干,是明瓦的,不怕雨。"黛玉听说,回手向书架上把个玻璃绣球灯拿了下来,命点上一支小蜡来,递与宝玉道:"这个又比那个亮,正是雨里点的。"宝玉道:"我也有这么一个,怕他们失脚滑倒了打破了,所以没点来。"黛玉道:"跌了灯值钱?跌了人值钱? 你又穿不惯木屐子。那灯笼命他们前头照着;这个又轻巧又亮,原是雨里自己拿着的,你自己手里拿着这个,岂不好。明儿再送来。就失了手,也有限的。怎么忽然又变出这'剖腹藏珠'的脾气来!"宝玉听说,连忙接了过来。前头两个婆子打着伞,提着明瓦灯;后头还有两个小丫头打着伞,宝玉便将这个灯递与一个小丫头捧着。宝玉扶着他的肩,一迳去了。"

在这一段中黛玉两次"笑道",可见其心境之好。黛玉因失言说自己是"渔婆",和前面称宝玉为"鱼翁"成双成对了,暴露了她的心事,和女孩子家应该矜持的形象不符,所以她"后悔不及,羞的满面飞红,便伏在桌上嗽个不住"。

可以断定的是,这次黛玉咳嗽是装的,是为了掩饰刚刚的失言。

宝玉对黛玉从来都是最大方的,见黛玉问起那套蓑衣斗笠,他马上就要把这北静王送他的礼物送一套给黛玉。黛玉关心宝玉,怕他雨夜中回去时碰着跌着,马上把自己的玻璃绣球灯点了给他。宝玉披蓑戴笠出去了,又翻身进来问黛玉"你想什么吃,告诉我,我明儿一早回老太太,岂不比老婆子们说的明白"。

每读此段,都感到这是多么温馨、浪漫的画面啊,宝黛两人的纯真感情在此时得到了验证,得到了确证。黛玉孤寂的芳心,在这个本来注定凄凉的黄昏,得到多么大的慰藉和治疗啊。

孤寂、虚无本是人生常态,是人都难免。但无论多么孤寂,清苦,若有一个知己相伴,也不枉这一世。

宝玉在这个深秋清凉的雨夜,到潇湘馆瞧病中的黛玉,是红楼中最温暖的一访!

补记:

凄美程度与《代别离:秋窗风雨夕》可媲美的是林黛玉《琴曲四章》。其中"倚栏杆兮涕沾襟"和"罗衫怯怯兮风露凉"等句可谓千古绝唱。

《琴曲四章》是《红楼梦》中林黛玉弹唱的歌曲。林黛玉得薛宝钗的书信和诗后,也赋四章,翻入琴谱,以当和作。妙玉与贾宝玉走近潇湘馆,听得叮咚之声,便在馆外石上坐下,听林黛玉边弹边唱此曲。此曲出自《红楼梦》第八十七回,为后人续补,所以不是曹雪芹所作。

琴曲四章

风萧萧兮秋气深,
美人千里兮独沉吟。
望故乡兮何处,
倚栏杆兮涕沾襟。

山迢迢兮水长,
照轩窗兮明月光。
耿耿不寐兮银河渺茫,
罗衫怯怯兮风露凉。

子之遭兮不自由,
予之遇兮多烦忧。
之子与我兮心焉相投,
思古人兮俾无尤。

人生斯世兮如轻尘,
天上人间兮感夙因。
感夙因兮不可愶,
素心如何天上月。

(2019年1月12日)

从薛蟠瞥见林黛玉，酥倒在那里说起

林黛玉和薛蟠可以说是红楼书中处于两个极端的人：一个是纯情少女风流婉转琴棋书画丰神若仙，一个是呆霸王糊涂虫不务正业俗不可耐，他们两个怎么会扯上关系呢？还真扯上了。

红楼中有两处写到林黛玉和薛蟠的关联，一是第二十五回，薛蟠见到林黛玉，惊若天人，顿时酥倒在那里；二是第五十七回，薛宝钗和林黛玉开"玩笑"说让黛玉做她的嫂子，嫁给哥哥薛蟠。我把玩笑两字放在一对小蝌蚪里，是为了说明，薛宝钗其实是深思熟虑后这么说的，不是玩笑。

《红楼梦》第二十五回，宝玉凤姐突然遭梦魇，众人慌作一团，有个人比众人更忙乱，这个人就是呆霸王薛蟠。也是借薛蟠的这段忙乱，曹公雪芹笔法忽然一转，将他跟林黛玉扯上了关系。原文：

别人慌张自不必讲，独有薛蟠更比诸人忙到十分去：又恐薛姨妈被人挤倒，又恐薛宝钗被人瞧见，又恐香菱被人臊皮，知道贾珍等是在女人身上做功夫的，因此忙的不堪。忽一眼瞥见了林黛玉风流婉转，已酥倒在那里。

读者读到这里，一定不解，曹公为什么安排那么粗俗不堪的呆霸王来唐突林妹妹呢？用意何在？

甲戌本在这段话后有两条脂批，一条侧批，一条夹批。甲戌侧批："忙到容针不能，此似唐突颦儿，却是写情字万不能禁止者，又可知颦儿之丰神若仙子也。"甲戌双行夹批："忙中写闲，真大手眼，大章法。"

根据这两条脂批，加上我的理解，曹公如此写的最主要原因是突出林黛玉的美，二是更显薛蟠的荒唐，三是为后面薛宝钗贻笑大方调侃林黛玉做薛家媳妇伏笔千里。

描述一个人外貌和内在美和气质，主要手法是：1）直描，直接通过描写人物的五官、身姿、行为、举止、言语等；2）比拟，将人物比喻成花、仙、云等；3）引用他人或第三者的评价、看法、印象；4）用他人见到后的反应，即美貌造成何种冲击。

黛玉本是绛珠仙子转世，关于黛玉容貌神韵的描述，曹公以上这些笔法全用上了，可谓用心至极。

首先，在林黛玉出场前，就用"绛珠仙子""阆苑仙葩""水中月"等比拟手法来形容黛玉美貌。

林黛玉初进荣国府时，用她在众人眼中的印象来给黛玉一个全貌远景：众人见黛玉年貌虽小，其举止言谈不俗，身体面庞虽怯弱不胜，却有一段自然的风流态度。

这段众人眼中对黛玉形容的描写，甲戌本接连有三条脂批，甲戌侧批："写美人是如此笔仗，看官怎得不叫绝称赏！"甲戌侧批："为黛玉写照。众人目中，只此一句足矣。"甲戌眉批："从众人目中写黛玉，草胎卉质，岂能胜物耶？想其衣裙皆不得不勉强支持者也。"

从贾府众人眼中，从脂砚斋忍不住的接连赞赏中，我们已经可以想象出林黛玉的容貌神韵大概了！

紧接着又借王熙凤的口,来形容她眼中初见的黛玉形态:王熙凤因笑道:"天下真有这样标致的人物,我今儿才算见了!"

这句话后有一条甲戌本眉批:"'真有这样标致人物'出自凤口,黛玉丰姿可知。"

读者读到这里,对黛玉超凡脱俗的惊世美貌有了更深的丰富想象。

接下来,通过宝黛初见,黛玉在宝玉眼中的形容,来一个近镜头特写,进一步描述黛玉的丰姿。贾宝玉进来见过林黛玉,开口就是一句:"这个妹妹我曾见过的。"黛玉自己也在心里琢磨,这个人确实挺眼熟的。也就是说,当时两人都有同样的感觉,在哪里见过,这就是传说中的心有灵犀一点通了。《红楼梦》第三回原文:

宝玉早已看见多了一个姊妹……细看形容,与众各别:两弯似蹙非蹙笼烟眉,一双似喜非喜含露目。态生两靥之愁,娇袭一身之病。泪光点点,娇喘微微。闲静时如姣花照水,行动处似弱柳扶风。心较比干多一窍,病如西子胜三分。

这段宝玉眼中写来的黛玉,曹公用直描和比拟的手法,把林黛玉的美写得淋漓尽致。每读此段,真的令人大开眼界,黛玉美得令人惊艳,世间少有,感到再也想不出更美的词句来形容她了。

曹公对红楼人物的容貌着墨最多的就数黛玉,在第二十六回中,又有《哭花荫诗》为证。黛玉去怡红院探访宝玉,被任性的晴雯挡在门外不让进,黛玉误以为是宝玉故意不见她,伤心哭泣。原文:

却说那林黛玉……一步步行来,见宝钗进宝玉的院内去了，自己也便随后往怡红院来，只见院门关着，黛玉便以手叩门。

谁知晴雯和别的丫头正拌了嘴，没好气，忽见宝钗来了，那晴雯正把气移在宝钗身上，在院内抱怨说："有事没事跑了来坐着，叫我们三更半夜的不得睡觉！"忽听又有人叫门，晴雯越发动了气，也并不问是谁，便说道："都睡下了，明儿再来罢！"林黛玉素知丫头们的情性，他们彼此顽耍惯了，恐怕院内的丫头没听真是他的声音，只当是别的丫头们来了，所以不开门，因而又高声说道："是我，还不开门么？"晴雯偏生还没听见，便使性子说道："凭你是谁，二爷吩咐的，一概不许放进人来呢！"

黛玉听了这话，不觉气怔在门外，待要高声问他，逗起气来，自己又回思一番："虽说是舅母家如同自己家一样，到底是客边。如今父母双亡，无依无靠，现在他家依栖。如今认真淘气，也觉没趣。"一面想，一面又滚下泪珠来。正是回去不是，站着不是。正没主意，只听里面一阵笑语之声，细听一听，竟是宝玉、宝钗二人。林黛玉心中益发动了气，左思右想，越想越伤感起来，也不顾苍苔露冷，花径风寒，独立墙角边花荫之下，悲悲切切，呜咽起来。

原来这林黛玉秉绝代之姿容，具稀世之俊美，不期这一哭，那些附近的柳枝花朵上宿鸟栖鸦，一闻此声，俱"忒楞楞"飞起远避，不忍再听。正是：花魂默默无情绪，鸟梦痴痴何处惊。因又有一首诗道：

> 颦儿才貌世应希，独抱幽芳出绣闺；
> 呜咽一声犹未了，落花满地鸟惊飞。

在这段中，黛玉"悲悲切切，呜咽起来"句边，有甲戌本侧批："可怜杀，可疼杀，余亦泪下。"

在"花魂默默无情绪，鸟梦痴痴何处惊"句边，有庚辰本侧批："沉鱼落雁，闭月羞花，原来是哭出来的。一笑。"

杜甫诗中有"感时花溅泪"，林黛玉可是感时落英缤纷啊！这首《哭花荫诗》，一方面是赞美黛玉的稀世才貌，另一面是写她哭得悲悲切切，楚楚可怜动容。这首诗在艺术上为下一回林黛玉的《葬花吟》做了很好的铺垫。

薛蟠是个纨绔子弟，整日里只知斗鸡走马，贪婪好色，香菱就是被他打死了原来的主人抢来的。这个呆霸王，除了女色外，还玩男色，他见到侠士柳湘莲长得标致，就招惹他，想和他有那种关系，结果被柳湘莲骗到郊外一顿痛打。这样一个好色的活宝贝，应该见过许多漂亮女人，也算是阅人无数，一般的女子决不会让他看一眼就"酥倒了"。他第一次见到黛玉，是在忙乱不堪中，"忽一眼瞥见了林黛玉风流婉转，已酥倒在那里"，可见如黛玉这般惊世美貌的女子，薛蟠以前从没遇见过，把他之前见过的任何一个女子的美都比下去了，他哪里能经得住黛玉身上发出的灿烂光芒照射，因此瞬间就被击倒在地了。

薛蟠这一次见到黛玉，是曹公伏笔千里，为后面第五十七回薛宝钗调侃让黛玉做嫂子打下埋伏，否则就不顺理成章了。

曹公在书里虽然没有具体着墨交代，但按薛蟠这样贪婪好色的性格，自从见到林黛玉后，他一定为之动了邪念，当然也可以叫一见钟情，回家后必然缠着他母亲薛姨妈和妹妹薛宝钗去贾母那里说亲，把黛玉许配给他。

那为什么给薛蟠说亲的事在书里没有发生呢？原因是薛姨妈是个比较通情达理的人。第五十七回先讲到，薛姨妈喜欢邢岫烟的稳重端庄，曾经想把她说给薛蟠为妻。但想到自己儿子实在不是个东西，必然糟蹋了人家女儿，所以把岫烟转而说合给了很般配的堂侄子薛蝌。薛姨妈连岫烟都怕被儿子给糟蹋了，她怎么会让林黛玉这样一个高雅的女子给呆霸王去糟蹋呢！

薛姨妈尚且知道薛蟠这种品性的人想娶林黛玉无异于癞蛤蟆想吃天鹅肉，难道聪明如薛宝钗不知道！难道她不知道黛玉心中只有宝玉，打死黛玉也不可能嫁给薛蟠！但薛宝钗还是腆着脸皮把要黛玉做嫂子的想法给说了出来，这说明了什么？

第五十七回薛姨妈、宝钗去看病中的黛玉，黛玉要认薛姨妈做娘，宝钗拦着说不能认。原文：

宝钗忙道："认不得的。"黛玉道："怎么认不得？"宝钗笑问道："我且问你，我哥哥还没定亲事，为什么反将邢妹妹先说与我兄弟了（笔者注：指邢岫烟和薛蝌的亲事），是什么道理？"黛玉道："他不在家，或是属相生日不对，所以先说与兄弟了。"宝钗笑道："非也。我哥哥已经相准了，只等来家就下定了，也不必提出人来，我方才说你认不得娘，你细想去。"说着，便和她母亲挤眼儿发笑。黛玉听了，道："姨妈不打她我不依。"宝钗笑道："真个的，妈明儿和老太太求了她作媳妇，岂不比外头寻的好？"黛玉便够上来要抓她，口内笑说："你越发疯了。"薛姨妈忙也笑劝，用手分开方罢。因又向宝钗道："连邢女儿我还怕你哥哥糟蹋了他，所以给你兄弟说了。别说这孩子，我也断不肯给他。"

薛姨妈这段话，非常清楚，薛姨妈直接拒绝了为儿子向贾母求亲娶黛玉的念头，因为她认为这是不般配、不可能的。

薛宝钗难道看不清楚连她母亲都看得清清楚楚的这一点？

即使开玩笑，也要分善意、恶意。大观园里只要是个人，都知道宝黛你情我愿的恋情，出于善意的话，玩笑只会开在宝黛之间。例如，第二十五回王熙凤就善意地开了宝黛恋一个玩笑。原文：

林黛玉听了笑道："你们听听，这是吃了他们家一点子茶叶，就来使唤人了。"凤姐笑道："倒求你，你倒说这些闲话，吃茶吃水的。你既吃了我们家的茶，怎么还不给我们家作媳妇？"众人听了一齐都笑起来。林黛玉红了脸，一声儿不言语，便回过头去了。李宫裁笑向宝钗道："真真我们二婶子的诙谐是好的。"林黛玉道："什么诙谐，不过是贫嘴贱舌讨人厌恶罢了。"说着便啐了一口。凤姐笑道："你别作梦！你给我们家作了媳妇，少什么？"指宝玉道："你瞧瞧，人物儿，门第配不上，根基配不上，家私配不上？那一点还玷辱了谁呢？"

王熙凤调侃黛玉做贾家媳妇，是因为她和宝黛两人的关系都一向很亲近，知道这样的玩笑正对黛玉的心思。而林黛玉听后最初暧昧的反应"红了脸，一声儿不言语，便回过头去了"就是最好的注解。

而薛宝钗呢，在明明知道宝黛特殊关系前提下，居然开"玩笑"把林黛玉和一个不学无术、不务正业、下流浪荡的呆霸王联系在一起，这样的玩笑怎么也不会让人觉得她是善意的。

所以，古往今来都认为宝钗就是包藏祸心，或至少是存在着不肯放弃的幻想，想让林黛玉嫁给薛蟠，这样就扫清了她成为宝二奶奶的最大障碍。

就算薛宝钗只是借此调侃林黛玉，还是惹来后世一片嘲讽。她为薛蟠说亲林黛玉的典故，几乎可以作为癞蛤蟆和天鹅的故事写入教材。

补记：

林黛玉生日是二月十二，袭人和林黛玉是同一天生日，第六十二回袭人和贾宝玉说出来的。红楼梦原文：袭人道："二月十二是林姑娘，怎么没人？就只不是咱家的人。"探春笑道："我这个记性是怎么了！"宝玉笑指袭人道："她和林妹妹是一日，所以她记的。"

（2019年1月30日）

大奸似忠薛宝钗

一般看看《红楼梦》电视连续剧，薛宝钗给人的印象是大家闺秀，贤淑温良，知书达理，适合做贤妻良母。事实上"金玉良缘"成为贾府中实力派人物如元春、王夫人、袭人等极力撮合的不二选择。

贾母因怜爱已故女儿贾敏和外孙女林黛玉，是希望宝黛"木石前盟"的，但终归架不住王夫人、元春、薛姨妈等的影响和蛊惑，和薛宝钗的甜言蜜语、溜须拍马，最终可能也接纳了"金玉良缘"。

曹雪芹在书中不仅多处借元春、王夫人、袭人等交口称赞薛宝钗，还透过其他人的口褒薛宝钗、贬林黛玉，这是为何呢？按理说林黛玉是金陵十二钗中曹公最为钟爱的人物，集美貌、才情、聪明伶俐于一身，为什么还要这样写呢？

作者认为结论只有一个，曹公借春秋笔法，反讽！历史上的大奸之人，如秦桧、严嵩、李林甫、魏忠贤等，活着时无一不是特别在乎名声，表面善，实则口蜜腹剑之小人。"口蜜腹剑"成语就是来自李林甫。魏忠贤更是活着时就有人为其建生祠，为他歌功颂德。这和怀着"好风凭借力，送我上青云"的雄心，看似厚道，实质心机的薛宝钗是何其相似。

本文为了论述曹公的反讽论点，分三个层面展开说明：一是文中借某些人的口，夸大其词地褒扬薛宝钗；二是借某些人的口,揭穿薛宝钗的伪装、城府和明哲保身;三是在不经意间暴露薛宝钗凶狠、口蜜腹剑、溜须拍马的本性。

一、褒钗贬黛

先看一下原著中夸大的褒钗贬黛情节。

1. 第三十二回《诉肺腑心迷活宝玉 含耻辱情烈死金钏》:袭人道:"(戒指)是宝姑娘给我的。"湘云笑道:"我只当林姐姐给你的,原来是宝钗姐姐给了你。我天天在家里想着这些姐姐们,再没一个比宝姐姐好的。可惜我们不是一个娘养的。我但凡有这么个亲姐姐,就是没了父母,也是没妨碍的。"说着,眼睛圈儿就红了。宝玉道:"罢,罢,不用提这话。"史湘云道:"提这个便怎么?我知道你的心病,恐怕你的林妹妹听见,又怪嗔我赞了宝姐姐,可是为这个不是?"

这一段,借史湘云的口,把薛宝钗一顿猛夸,简直就是"爹亲娘亲不如宝姐姐亲",让人觉得非常不真实。要知道,史湘云儿时起就经常住到贾府来,和宝玉、黛玉是青梅竹马,而薛宝钗后来才全家投住贾家,按情节发展,到贾府及后来薛宝钗搬入大观园住,不过一两年,宝钗和史湘云的接触不会太多,怎么史湘云就抛下和林黛玉青梅竹马的感情,和宝姐姐亲得胜过父母了呢?!

每读此段都觉得曹公是为了衬托薛宝钗的两面三刀本性而用春秋笔法做讽刺。宝玉的接话:"罢、罢,不用提这话。"也印证宝玉听了这句假话是多么不耐烦和恶心,因为宝玉心里是看清楚薛宝钗这个人虚情假意两面性的。

2. 第二十七回《滴翠亭杨妃戏彩蝶 埋香冢飞燕泣残红》，宝钗在滴翠亭外扑蝶，无意中听到丫头红玉和坠儿的对话，担心今儿听了她的短儿，一时人急造反，狗急跳墙生事，便心生一计，嫁祸于林黛玉，让红玉以为是黛玉在窗外偷听。

谁知红玉听了宝钗的话，便信以为真，让宝钗去远，便拉坠儿道："了不得！林姑娘蹲在这里，一定听了话去了！"坠儿听说，也半日不言语．红玉又道："这可怎么样呢？"坠儿道："便是听了，管谁筋疼，各人干各人的就完了。"红玉道："若是宝姑娘听见，还倒罢了。林姑娘嘴里又爱刻薄人，心里又细，她一听见了，倘或走漏了风声，怎么样呢？"

薛宝钗小施金蝉脱壳计，嫁祸于林黛玉，临了还借丫头的口，说一下黛玉的不是，而宝姑娘却颇得下人的好感。

红玉是贾府大管家林子孝的女儿，宝玉房中的丫头，是个极刁钻的人，而宝钗竟然也给她留下好印象，难道还不能说明宝钗的善于伪装吗？

3. 第三十二回：袭人道：幸而是宝姑娘，那要是林姑娘，不知又闹到怎么样，哭的怎么样呢。提起这个话来，真真的宝姑娘叫人敬重，自己讪了一会子去了""过后还是照旧一样，真真有涵养，心地宽大。"

……袭人也笑道："不知怎么，又惹恼了林姑娘，铰了两段。回来他还叫着做去，我才说了是你做的，他后悔的什么似的。"史湘云道："这越发奇了。林姑娘他也犯不上生气。他既会剪，就叫他做。"袭人道："他可不做呢。饶这么着，老太太还怕他劳碌呢。大夫又说道：'好生静养才好。'谁还烦他做！旧年好一年的工夫，做了个香袋儿；今年半年，还没见拿针线呢。"

袭为钗副，袭人和宝钗的性格特点、志趣都很相投，说她俩是一丘之貉毫不夸张。袭人很精明，把主子贾宝玉的性格摸得很清楚，她虽然心里明白宝玉倾心的是黛玉，但袭人这样有城府的人和真性情的林黛玉不投缘，所以她抑制不住欲望有机会就在宝玉面前赞一赞宝钗、贬一贬黛玉，她内心是多么希望宝钗，而不是黛玉，做未来的宝二奶奶。

4. 第三十五回《白玉钏亲尝莲叶羹 黄金莺巧结梅花络》：贾母道："提起姊妹，不是我当着姨太太的面奉承，千真万真，从我们家四个女孩儿算起，全不如宝丫头。"薛姨妈听说，忙笑道："这话是老太太说偏了。"王夫人忙又笑道："老太太时常背地里和我说宝丫头好，这倒不是假话。"宝玉勾着贾母原为赞林黛玉的，不想反赞起宝钗来，倒也意出望外，便看着宝钗一笑。宝钗早扭过头去和袭人说话去了。

在薛宝钗对贾母溜须拍马之后，贾母心里乐开了花，借着宝玉的话茬，赞扬了宝钗一番。注意，在场的三个主要人物，王夫人、薛姨妈、袭人，都是坚定的"金玉良缘"派，只有贾宝玉一个人念着的是林妹妹，势单力孤，林黛玉还能有任何胜算吗？所以宝钗不接宝玉投来的一笑，以胜利者的姿态，早扭过头去和死党袭人说话去了。

二、揭穿宝钗的真实人品

《红楼梦》人物中，最性情中人的是黛玉、晴雯、凤姐三个。三人中，王熙凤是没有争议的反面人物。但王熙凤这样性格率真的人,不喜欢薛宝钗这种明哲保身、人前人后不一样的人,反而比较喜欢林黛玉。凤姐经常拿"未来的宝二奶奶"来开涮林黛玉,说明她是接受宝黛关系的。

1. 凤姐不喜欢薛宝钗。第三十回《宝钗借扇机带双敲 龄官划蔷痴及局外》中薛宝钗骂宝黛时,王熙凤暗讽薛宝钗是吃了生姜,火气那么大,那么狠辣:

宝钗笑道:"原来这叫做'负荆请罪'!你们通今博古,才知道'负荆请罪',我不知道什么是'负荆请罪'。"一句话还未说完,宝玉林黛玉二人心里有病,听了这话,早把脸羞红了。凤姐于这些上虽不通达,但只看他三人形景便知其意,便也笑着问人道:"你们大暑天,谁还吃生姜呢?"众人不解其意,便说道:"没有吃生姜。"凤姐故意用手摸着腮,诧异道:"既没人吃生姜,怎么这么辣辣的?"宝玉黛玉二人听见这话,越发不好过了。宝钗再要说话,见宝玉十分惭愧,形景改变,也就不好再说,只得一笑收住。别人总未解得他四个人的言语,因此付之流水。一时,宝钗凤姐去了。林黛玉笑向宝玉道:"你也试着比我利害的人了。谁都像我心拙口笨的,由着人说呢。"

这一段因宝黛的言语、表情中稍有得罪宝钗,宝钗一改平日温良淑女形象,不依不饶,非常辛辣地回敬,弄得宝黛两个下不了台;凤姐看在眼里,乃用"吃生姜"来形容宝钗的辣,连黛玉事后都说"试着个比我厉害的人了",形容薛宝钗的厉害。

2. 第五十五回《辱亲女愚妾争闲气 欺幼主刁奴蓄险心》:凤姐笑道:……我想到这里就不伏。——再者,林丫头和宝姑娘他两个倒好，偏又都是亲戚，又不好管咱们家务事。况且一个是美人灯儿，风吹吹就坏了；一个是拿定了主意'不干己事不张口，一问摇头三不知'，也难十分去问他。"

凤姐这样聪明绝顶、能干的人，一眼就看穿她这个表妹薛宝钗世故，城府深，事不关己高高挂起，难怪她不喜欢宝钗的人品。相反，在凤姐的眼里，黛玉只是身体不好，对她的人品、为人处事、能力，凤姐却无任何贬词。

3. 所谓"晴有林风"，晴雯和黛玉一样，骨子里都有清高的一面，都不喜欢结党营私。

晴雯是不喜欢宝钗的。宝钗去怡红院看宝玉，不巧，晴雯跟碧痕吵了架，晴雯心情就非常的差；正气头上的晴雯看到宝钗，就不给宝钗好脸色，等宝钗离开后，晴雯不满地说："没什么事的总是往这跑，这大半夜的，也不让人睡个好觉。"

晴雯会说出这些对宝钗不恭的话来，不仅是因为当时晴雯心情不好。晴雯是一个性格很直爽的丫头，她心里本来就不喜欢宝钗，甚至很讨厌她，再加上她那时心情确实比较差，所以就说出了内心一直想说出的话来。

晴雯之所以讨厌宝钗，有一个非常重要的原因，晴雯是从贾母处分配到宝玉房里的，所以她很清楚贾母的心思，是希望宝黛婚姻，这样黛玉也有个好的结局。而宝钗就是个不和谐的因素，可能会让这件事落空，所以晴雯自然就不喜欢宝钗了，而且宝钗总是暗地里算计黛玉，晴雯是看得明白的，对此很不齿；同时晴雯清楚，宝玉爱的是黛玉，宝钗想横插一脚，让晴雯对宝钗很有成见了。

三、暴露宝钗口蜜腹剑、凶狠、溜须拍马的本性

1. 扑蝶事件，假祸黛玉。第二十七回，宝钗在滴翠亭外扑蝶，无意中听到丫头红玉和坠儿的对话，得知发生男女私相授受丑事：

宝钗外面听见这话，心中吃惊，想道："怪道从古至今那些奸淫狗盗的人，心机都不错，这一开了，见我在这里，他们岂不臊了？况且说话的语音，大似宝玉房里的小红。他素昔眼空心大，是个头等刁钻古怪的丫头，今儿我听了他的短儿，'人急造反，狗急跳墙'，不但生事，而且我还没趣。如今便赶着躲了料也躲不及，少不得要使个'金蝉脱壳'的法子。"犹未想完，只听"咯吱"一声，宝钗便故意放重了脚步，笑着叫道："颦儿，我看你往那里藏！"一面说一面故意往前赶。那亭内的小红坠儿刚一推窗，只听宝钗如此说着往前赶，两个人都唬怔了。宝钗反向他二人笑道："你们把林姑娘藏在那里了？"坠儿道："何曾见林姑娘了？"宝钗道："我才在河那边看着林姑娘在这里蹲着弄水儿呢。我要悄悄的唬他一跳，还没有走到跟前，他倒看见我了，朝东一绕，就不见了。别是藏在里头了？"一面说，一面故意进去，寻了一寻，抽身就走，口内说道："一定又钻在山子洞里去了。遇见蛇，咬一口也罢了！"一面说，一面走，心中又好笑："这件事算遮过去了。不知他二人怎么样？"

宝钗担心今儿听了红玉的短儿，一时人急造反，狗急跳墙生事，便心生一计，嫁祸于林黛玉，让红玉以为是黛玉在窗外偷听。由此可见，平时这个"好人宝姐姐"，关键时刻

是多么自私、虚伪，不惜牺牲别人保全自己。按理说听到一个丫头的私话也算不上什么大事，她都要设计摆脱干系，试想，将来若遇到大事，薛宝钗这种人谁不会出卖？！

2. 溜须拍马贾母。第三十五回：

宝钗一旁笑道："我来了这么几年，留神看起来，凤丫头凭他怎么巧，再巧不过老太太去。"

宝钗深知，她要上位取代林黛玉，做未来的宝二奶奶，老太太贾母是个很大的障碍，因为对贾母而言，黛玉是亲外孙女，而她只是个外人。所以宝钗处心积虑，一有机会就拍老太太的马屁，获得贾母的好感和欢心，扫清障碍。

3. 恶怼宝玉，暴露其泼妇本性。第四十二回：

宝玉听了，先喜的说："这话极是。詹子亮的工细楼台就极好，程日兴的美人是绝技，如今就问他们去。"宝钗道："我说你是无事忙，说了一声你就问去。等着商议定了再去。如今且拿什么画？"宝玉道："家里有雪浪纸，又大又托墨。"宝钗冷笑道："我说你不中用！那雪浪纸写字画写意画儿，或是会山水的画南宗山水，托墨，禁得皴搜。拿了画这个，又不托色，又难渲，画也不好，纸也可惜……"

因为惜春画画的事情，黛玉、宝玉、宝钗等几个在一起讨论，宝玉说了两句话，不是什么大不了的事，也没说错什么，宝钗一时忘形，又是冷笑又是恶言恶语地用"我说你是无事忙""我说你不中用！"怼宝玉，对宝玉没有一点尊重和爱，从心底里看不起宝玉。相反林黛玉从心底爱宝玉，从来不会对宝玉如此恶语相加，即使两人偶尔产生矛盾，黛玉顶多是生下气，娇嗔埋怨一下宝玉对她感情不专一。因此宝钗在乎的是宝二奶奶这个位置，并不真爱宝玉，宝玉也不会喜欢薛宝钗这种人，你说他们两个在一起会幸福吗？

4. 金钏儿事件，充分暴露薛宝钗的凶恶。

第三十回，宝玉趁王夫人打盹儿时，言语调戏王夫人的丫鬟金钏儿。王夫人迁怒于金钏儿，将她逐出家门。金钏儿后来含耻辱投井自尽。事发后王夫人垂泪自责，很后悔，为了补偿，后来还把本来给金钏儿的月银一并发给她的妹妹玉钏儿（见第三十六回）。

而薛宝钗知道后，来到王夫人跟前，看她如何安慰王夫人的：

宝钗叹道："……据我看来，他并不是赌气投井，多半他下去住着，或是在井跟前憨顽，失了脚掉下去的。他在上头拘束惯了，这一出去，自然要到各处去顽顽逛逛。岂有这样大气的理。纵然有这样大气，也不过是个糊涂人，也不为可惜。"王夫人点头叹道："这话虽然如此说，到底我心不安。"宝钗叹道："姨娘也不劳念念于兹。十分过不去，不过多赏他几两银子发送他，也就尽主仆情了。"

发生了金钏儿自尽这样满府皆知的惨事，薛宝钗这个"善人"没有一点悲悯和怜惜，竟然轻描淡写地说或许是金钏儿玩耍时不小心跌到井里的，是糊涂人，没什么可惜的，多给几两银子就拉倒，充分暴露薛宝钗伪善、冷酷、凶恶的本性。

（2018年12月9日）

散 文

啊，深圳！

2009年1月11日凌晨五点半我从睡梦中被电话铃声惊起，酒店来喊房。我要搭乘早晨八点从深圳宝安机场起飞的飞机，至上海浦东，再转乘东方航空回美。

6点，我已坐在出租车里。车悄悄地离开海景奥斯廷酒店灯火通明的正门，拐上了边道，顿时又回到了夜色苍茫中。小车转了个弯，上了深南大道，向西疾驰。

一轮圆月正好低悬在深南大道的正前方。应是近阴历月半，要不月儿怎么那么圆，那么亮？

车匆匆地开着，朝着月光。又想起那句老掉牙的诗：月有阴晴残缺，人有悲欢离合。人，总是来了又去，去了又来，聚了又散，散了又聚，来来去去，聚聚散散，真不知今日有几人悲？几人欢？几人离？几人合？难道人生就是这么怪诞无奈？

虽有月光洒下来，道两旁密密的树仍看不大真切，朦朦胧胧，恍恍惚惚的，也就是两排黑影。那可都是大榕树！要是白天，这些榕树一定铺天盖地，悬着丝丝团团的气根，盘根错节，煞是好看。每天早晨沿着深南大道跑步回来时，我早已把一棵棵榕树仔细看过了。

在深圳的一周，着实是让人有些惊艳。我被这花园城市的美丽深深打动。覆盖明黄金沙的大梅沙海滩，悠缓静穆有如诗歌一般的仙湖，漫山遍野开满五颜六色勒杜鹃的莲花山，栖满形形色色鸟儿的深圳湾海堤大道红树林，榕树稠密掩蔽花团锦簇的深南大道，高耸入云的地标性建筑信兴广场地王大厦，眼花缭乱的锦绣中华和世界之窗，还有欢乐谷、万象城、罗湖口岸、通向沙头角高速道上数不清的一个个隧洞，无不微笑着显示这个城市从容不迫的韵律和姿容。

  我是如此沉迷于那些个时光，甚至忘了我只是这里的一个访客，直到，听见了催促我离开的铃声和飞机起飞的轰鸣声……

  啊，深圳，再见，Sayonara，Goodbye！

（2018年3月28日）

一枝红杏出墙来

我九十年代出国前在中国药科大学工作时,一次独自出差到济南山东大学。公务完后就先到趵突泉,造访李清照故居。然后去大明湖,就是《还珠格格》中紫薇的母亲夏雨荷与乾隆皇帝一见钟情的地方,就是夏雨荷在历下亭说"蒲草韧如丝,磐石是不是无转移……"的地方。那个充满浪漫传奇色彩的大明湖历下亭就位于大明湖中最大的一个湖心小岛上,为八角重檐,古雅轩昂的木结构建筑。虽是琼瑶杜撰的小说,影响大了就有人当真了。

我到一个地方喜欢看当地的乡土民风。从大明湖出来,就沿着湖畔的小街小巷漫无目标地边走边看。

这是个居民老区,都是很老的平房。济南人有个爱好,就是家家户户都在黑漆大门上贴大红对联。别地,如我们江南,只有春节时才贴对联,过了年也就取掉了。但当时是12月份,济南家家户户门上还是一丝不苟、整整齐齐地贴着对联。

我于是边走边饶有兴致地欣赏这些对联。有些是很普通的,但也有些很有意境:

"问渠哪得清如许,为有源头活水来。"

"问吾何处避炎蒸,十顷西湖照眼明。"

"四面荷花三面柳,一城山色半城湖。"

"杨柳春风万方极乐,芙蕖秋月一片大明。"

正高兴着,见到一户院子挺大的人家大院门上大大地贴着一大红对联:

"春色满园关不住,一枝红杏出墙来。"

我不禁哑然失笑,心想,这家男主人一定不明白这诗外的畸义吧,要不就是太粗心了。唉,这么好一句诗,中国人就喜欢把好端端的事赋上一些不雅的东西。这不,连"小姐"这个如此美丽优雅的称呼如今都带上了不良的意思。

正想着,那院门"吱"的一声开了,一个长相身材俱佳的小妇人走了出来。她见我站在附近盯着她家院门看,一脸不解,朝我看了一眼向巷子另一头款款地走了。

我不无恶作剧地想道,这哪里是"小扣柴扉久不开",哪里用得着"出墙来",这不是院门一开,红杏一枝自己走出来了么?

转念一想,又不免为那小妇人暗暗喊怨:人家清清白白的,看我都瞎想些什么了。

(2016 年 11 月 12 日)

豫章张好好

江西古代称"豫章",南昌称"豫章郡"。

为什么江西叫豫章呢

原来,"豫章"就是"巨大的樟树"的意思,因为江西到处都有数百年以上的巨大古樟树。

记得 2003 年国庆节,第一次自驾游去江西,在婺源见到许多古老的大樟树,二至三个人合抱的那种,心里顿生出许多欢喜和仿佛的熟识来。

江西有许多樟树的原因,来源于过去的一个风俗:村里谁家生了一个女儿,就在房前屋后种一棵樟树,陪着女儿一起长大。等女儿出嫁时,樟树被砍下,打制成一只樟木箱,作为女儿出嫁的嫁妆。所以在江西樟木箱又被称为"女儿箱"。

这让我联想起浙江绍兴黄酒"女儿红"的来历,和樟树有异曲同工之妙。以前在绍兴谁家生了女儿,就酿一坛黄酒,埋在地里陈着,等女儿出嫁那天,从地里把酒挖出来,招待参加婚宴的客人。

不妨畅想一下,按过去女儿平均十八岁出嫁来算,这女儿红酒将在地里埋整整十八年!埋了十八年的女儿红都算得上特级 XO 了吧,味道会是多么醇香啊!

(笔者注:洋酒 XO 是 Extra Old 的缩写,格外陈旧、格外老的意思,意译就是老陈酒)

由此类推，江西绝大多数的樟树，从小陪着村里小妹妹长到十八岁，就该被砍伐下来，打成女儿箱，重新陪着小姐姐，嫁去远方了。

这是多么富有诗意的场景啊！在新婚的豫章小姐姐带着她新打的女儿箱，红红火火、吹吹打打离开村的时候，那些看热闹的、还不够出嫁年龄的豫章小妹妹们，以及她们名下的那些摇头晃脑的樟树们，会不会都盼着属于自己的那一天早点到来哈？这岂不比把那坛和女儿同龄的女儿红打开，一喝了之，富有意境多了！

但那样的话，江西那些到处可见的，历数百年仍枝繁叶茂的古老大樟树，当初又是如何逃过一劫，没有变成陪小姐姐嫁去远方的女儿箱的呢？这不是个很有意思的话题嘛。

提起豫章，不能不让人想起唐代杜牧的《张好好诗》："君为豫章姝，十三才有余。"杜牧诗开篇就交代张好好是江西人，是豫章小妹妹。

《张好好诗》是杜牧仅存的书诗墨迹，也是杜牧自撰诗歌并书写的艺术作品，现收藏于北京故宫博物院。

《张好好诗》共四十八行，每行八字不等，为五言古诗，诗的内容是对当时一位才貌出众，但一生遭遇不幸的江西籍女孩张好好表示同情之意，并借此发挥自己的感慨之情。全篇书法笔势放纵，风格雄健，转折处有孙过庭《书谱》之神韵，有魏、晋书法的古朴风度。

《张好好诗》大约成于唐文宗大和九年（835）前后。杜牧是唐代著名才子，据载，大和三年（829），杜牧初遇张好好时，她还是一个年仅十三、能歌善舞的女孩。数年后再遇张好好时，她已是一个饱经沧桑的女子了。杜牧缅怀当年，感慨今日，于是就有了这一卷"感旧伤怀"的长歌——《张好好诗》。

附：张好好诗并序

序：牧大和三年，佐故吏部沈公江西幕。好好年十三，始以善歌舞来乐藉中。后一岁，公镇宣城，复置好好于宣城藉中。后二岁，为沈著作述以双鬟纳之。后二岁，余于洛阳东城重睹好好，感旧伤怀，故题诗赠之。

君为豫章姝，十三才有余。翠茁凤生尾，丹脸莲含跗。高阁倚天半，章江联碧虚。此地试君唱，特使华筵铺。主公顾四座，始讶来踟蹰。吴娃起引赞，低回映长裾。双鬟可高下，才过青罗襦。盼盼下无袖，一声离凤呼。繁弦迸关纽，塞管引圆芦。众音不能逐，袅袅穿云衢。主公再三叹，谓之天下殊。赠之天马锦，副以水犀梳。龙沙看秋浪，明月游东湖。自此每相见，三日已为疏。玉质随月满，艳态逐春舒。绛唇渐轻巧，云步转虚徐。旌旆忽东下，笙歌随舳舻。霜凋小（此字点去）谢楼树，沙暖句溪蒲。身外任尘土，尊前且欢娱。飘然集仙客（著作任集贤校理），讽赋期相如。聘之碧玉佩，载以紫云车。洞闲水声远，月高蟾影孤。尔来未几岁，散尽高阳徒。洛阳重相见，绰绰为当垆。怪我苦何事，少年生白须。朋游今在否，落拓更能无。门馆恸哭后，水云愁景初。斜日挂衰柳，凉风生座偶。（阙三字）襟泪，短章聊（下残）。

印跋

卷前有宋徽宗赵佶书签"唐杜牧张好好诗",并钤有宋徽宗的诸玺印。

后纸有历代名家跋文,据《式古堂书画汇考·卷七》所记,该卷后元人诸跋,是从唐赵模《千字文》后移来。

此卷鉴藏印有"弘文之印""宣和""政和"(连珠)"宣和""政和""内府图书之印""秋壑图书""张氏珍玩""北燕张氏珍藏""项子京家珍藏""张则之""蕉林居士""宋荦审定""张伯驹珍藏印"等,以及清代乾隆、嘉庆、宣统三帝御览及清内府鉴藏印11方(朱文)、张伯驹鉴藏印等。

(2019年8月3日)

梅花香自苦寒来

昨天犹如幼苗抽芽，
今天已是枝叶繁茂，
明天必将硕果累累。

如果说，人生就如攀登一个个高峰，比如上大学、读硕士研究生、去美国留学、读博士、拿绿卡、转公民，一路过关斩将，顺顺利利，无往而不胜！那么，这最后一个峰——创业，是我人生攀登过的最艰难的一个高峰。

若干年前刚回国创业时，因为出国多年，国内没有任何资源，需要近千万的投资，主要依赖自有启动资金，外部融资也不现实，产品还在研发成熟阶段，没有销售收入，头几年是最艰难困苦的岁月，可谓起步维艰，冒了巨大的风险，步步惊心，常处在担心失败的恐惧和焦虑之中。

曾经在老家和一个乍富的邻居，F总，一个农民企业家，介绍我的创业项目。F是从社办企业起家，后随着潮流将社办企业私有化，成为私营企业主。F邀我到他的厂里参观。他家厂区占有约30亩土地，一进大门是一幢3层小办公楼，总面积约有5000平方米，办公楼后面是两幢彩钢板屋顶的标准厂房。彼时F的儿子，J，接替了他的日常管理工作。工厂加工生产建筑钢构件。

我看了，表面上没动声色，但内心还是生出一片对 J 的羡慕：要是我有哪怕 1000 平方米的厂房，创业会增加多少胜算啊……

我给 F 总介绍了一下创业项目，最后谦虚地说，是从零开始。

F 顿了下，率直地评论道："不是零，是负零。你赤手空拳，没有任何资源，没有任何依靠，家又在国外，比零还要低些……"

就如 F 所言，这几年从低于零点起步，白手起家，单枪匹马，如竹子扎根一般，默默在土里延伸几百米，为的是打好基础。经过几年的奋斗和拼搏，现在公司已经成型，有了近 200 种序列化的高新技术传感器产品，占有了一块市场领地，并不断开疆辟土，取得更辉煌业绩。

最近回了一趟老家，又见到了 F 总。听 F 说，他家工厂因为没有生意，已经倒闭，厂房和土地都变卖掉了。

怪不得呢，开车回家路过 F 家公司门前时，看到厂区里杂草丛生，堆满杂物，成了一个仓库……

拉卡拉集团创立者孙陶然说，创业是和平时期最绚丽的一种生活方式。创业的岁月有艰辛、有孤独，但激情燃烧是永恒的主旋律！流汗播种者必然会含笑收割，成功属于不畏艰苦、勇于攀登的人！

没有大树依靠，虽然艰辛，但只要足够坚强、有信念、有理想，小苗依然会茁壮成长，成为一棵参天大树。

> 我们每一个人，
> 　都应该像树一样成长。

即使我们现在什么都不是，
但是只要你有树的种子，
即使你被踩到泥土中间，
你依然能够吸收泥土的养分，
自己成长起来。
当你长成参天大树以后，
遥远的地方，人们就能看到你，
走近你，你能给人一片绿色，
给人一片美丽的风景。

（2018年6月20日）

嘉树噩树

移居加利福尼亚州洛杉矶市前,我在得克萨斯州休斯顿市居住了若干年。

得克萨斯,人称孤星之州,有辽阔的平原,一望无际,面积大得可以容纳地球上的所有人口。在那里州旗要放在国旗之上,人们讲话都带着浓重的得克萨斯特口音,喝的是佩珀博士(Dr. Pepper,一种有杏仁味的加糖饮料),而非可口可乐或百事可乐,啤酒是孤星牌的,一切都显得比较大,有一种自然的孤独气质。当我们在谈论"得克萨斯电影"时,那么一定说明这样一部电影,只会发生在得克萨斯,而非其他地方。

得克萨斯有许多树种,其中有一种野树,生命力之强令人咋舌,种子飘到哪里,就能在哪里生根发芽,迅速成长。

一直不知这种树的名,姑且叫其"噩树"吧。噩者,恶、丑陋、凶残也。"噩"与鳄鱼的"鳄"同音同义,是通假字。某鱼之所以被称为鳄鱼,不就是因为人家既丑陋,又凶恶么。

噩树有点像杨树,但没有杨树高大、挺拔。噩树既不成形,又不成材;既不开花,又不结果;长得歪瓜劣枣,不成风景;枝叶稀疏,不能当阴凉;旧时还可以砍了当柴火,但现在谁还烧柴。真叫百无一用是噩树!

某日,我家后院草坪上不请自来了一棵噩树。等我注意到它时，已有半人高了。我赶紧刀斧齐下，把它砍掉。但过了几周，原地又长出一棵一模一样的。又挥舞着刀斧，将其再次放倒。如是折腾了几次，都很难彻底清除，气得我对着它痛骂一声"真可恶"！噩树从此得名。

噩树既叫出口，顿时有所感悟，原来树也分好和恶，佳和坏，嘉树和噩树。屈原的《橘颂》开篇就有"后皇嘉树，橘徕服兮。受命不迁，生南国兮"等词句，可见，在屈原心中，橘子树是一种佳树。

哪些树称得上是嘉树呢？从人类的眼光和角度看，当然是要有用处，对人类自身有益，比如：

1）成材：高大、挺拔、粗壮、木质紧致的树种如杉树、红松、槐树、榆树等，能做房梁、房柱、制作家具、造船、建桥等；更上好的木材如楠木、榉木、黄杨、银杏、香樟，以及稀有名贵木材如檀木、酸枝、黄花梨等，就更不待说了，制作高档家具，红木家具，极其珍贵。最近我去安徽徽州旅行时，发现宏村许多古老的明清建筑，之所以能保存至今，就是因为建筑木材用的是银杏和香樟，因此不怕虫叮白蚁咬，不易腐朽。

2）提供食物：苹果树、香蕉树、橘树、桃树、梨树等果树，提供人类各种水果，是为人类做出巨大奉献的树种。

3）提供材料：如橡胶树、桐油树、松树等，提供橡胶、桐油、松香等珍贵工业原材料。

4）美丽观赏：紫薇、紫葳、樱花、梅花、柳树、枫树、枫杨等观赏型树种，也包括桂花等芳香型树种。许多水果树，如桃、李、梨、樱桃、杏等，同时也是美丽观赏型的树种，这些树真的该称为佳之又佳的嘉树了。

5）功能型树种：行道树如梧桐、香樟、白杨、楝树等。胡杨、刺柏等抗风沙、抗水土流失的树种。

站在人类的角度，只有感恩造物主和大自然，慷慨赐予我们这些美丽又有用的嘉树，让她们和我们一起生存于这个地球。仔细想一想，这其实纯粹是一种偶然和巧合，使人类生命中有这些嘉树相伴，因为，万一围绕我们的都是噩树呢！

当然，嘉树噩树只是从人类的视角进行的分类，从自然的角度就不能这样简单粗暴划分了。噩树哪怕对人类百无一用，但它的生存策略也是树本身生存和适应环境的需要而形成的，存在就是合理的。再说，噩树也不是真的百无一用，为自然界吸收阳光，产生氧气，提供绿色，都是其用处，只不过没有那么直截了当地满足功利性极强的人类各种需要罢了。

由此想到，树且分嘉树噩树，人岂不是一样？有些人来到这个世界上一趟，或对人类文明、思想、科学、技术的发展进步做出巨大成就，如孔子、老子、亚里士多德、黑格尔、爱因斯坦、牛顿等无数伟大的哲学家、思想家、科学家，或对人类艺术、诗词文学、生活方式、审美等做出巨大贡献如苏东坡、李贺、李清照、梅兰芳、徐悲鸿、西施、王昭君、曹雪芹，等等；他们都可以称为嘉人。也有一些人来到世上，就是带来残暴、杀人放火、抢劫、丧失道德底线，是一些无恶不作的坏人；这些人就不用多举例了，大到希特勒，小到在滴滴专车上杀害年轻女孩的坏蛋，微到在列车上霸座的小人，都可以归类为"噩人"吧。

我觉得，在没有开化、蒙昧的原始社会时，从自然的角度看过去，是不能区分"嘉人"和"噩人"的，因为野蛮人的各种行为都是各自的生存策略和需要,这和树无法从自然的视角分类为嘉树和噩树是一样的。到了文明开化的人类社会,从文明和社会的视角看过去,嘉人和噩人就一目了然了。

人类社会之所以无法消除噩人,总有一些噩人存在,应该是从原始社会野蛮人那里带来的基因,就如噩树总是和嘉树共生一样,可能、或许、大概永远无法消除吧。

(2018年10月10日)

病毒问题简述

（按：认真阅读本文就会明白为什么野生动物万万吃不得。我们大家尤其知识分子有推动立法禁止养殖食用野生动物的责任）

从更高的角度看待此次病毒传染事件，完全是人类自己打破自然界食物链平衡的恶果。

按进化论，病毒可以看成是小于衣原体和细菌的最小最简单生物。站在人的角度看它们是凶神恶煞的"病毒"，但从自然界的角度看，它们不过是纳米级的生物而已（可简称为纳米生物）。病毒是否可以算生物或微生物尚有争论，但我觉得应该算，我发明一个新名词纳生物（对应：微生物）

这些纳生物（即我们称的病毒，下同）其实很可怜，因为它们没有细胞膜，不能独立生存，只能寄生在宿主生物身上。无论是小到老鼠和蝙蝠，大到人类和大象，身体上都寄生了大量纳生物。据说我们人类身体里病毒和细菌的重量（按蛋白质量折算）占到约10%。

纳生物要生存，必须和它们的宿主达成协议，即和谐共处，否则宿主死了它们自己也活不下去。因此，经过长期的进化过程，各种动物的身体里寄生了一大群已经熟识和适应它们宿主环境并能与之和谐共处的纳生物（病毒）。

动物要生存，需吃食食物链中比自己低端的动物，吃的过程就带进了大量不同于寄宿在自己身体里的纳生物；这些纳生物起初和新的宿主互相不熟悉，必定要在新的宿主环境中，宿主和纳生物互相发展新的生存策略，即做生存磨合。在这个磨合过程中，有些宿主被纳生物搞死了，那部分纳生物随之逐渐也都死亡了。而另一部分纳生物和其宿主则互相适应，达成协议，和谐共处，并一起活了下来。

因此，经过几十万年乃至几百几千万年长期的进化，每种动物都找到一群适合做自己食物的动物，狩猎动物吃食这些熟悉的被猎动物通常不会出什么问题，而吃食一种不熟悉的动物就要冒潜在的感染病毒的危险，因为身体不适应被猎动物身体里的大量病毒。例如，狮子老虎一般只吃食草类动物，不会去吃鬣狗、蛇、老鼠等。动物世界节目中经常看到鬣狗被狮子老虎咬死，但狮子老虎一脸嫌弃不吃的镜头，因为它们知道这种肉不好吃，也不想吃。

人类经过几万年长期的环境适应，逐渐圈养、驯化了一批畜类和禽类，比如猪牛羊，鸡鸭鹅。吃食这些圈养的动物一般很安全，因为人类身体已经和这些家畜家禽身体里带的病毒很熟悉，能互相适应，通常不会出现问题。

可是，如果人类非要食用野生动物如蝙蝠、果子狸、老鼠、蝎子、蛇，等等，就必须冒自己身体不适应这些动物携带的病毒的后果，一些人就有可能被这些病毒整死。

设想一种自然进化情况：假设人类非要天天吃蝙蝠和老鼠，一部分人感染了蝙蝠老鼠携带的病毒后发病致死，但因为致死率并非100%，有些人却坚强地活了下来，也就是说这些活下来的人和蝙蝠老鼠携带的病毒经过磨合，互相熟悉并达成共存亡的协议了；这样经过千百年的发展，逐渐地人类吃蝙蝠老鼠也平安无事，或者说，蝙蝠老鼠也可以算是被人类驯化的可以食用的食物了。

但是，哪个人类愿意以蝙蝠老鼠作为每天的主要食物呢？！我们的祖宗之所以选择猪牛羊鸡鸭鹅作为我们的主要食物，而不选蝙蝠老鼠蛇蝎作为主食，一定是知道前者要好吃美味得多。

所以，奉劝大家绝对不要冒自己的生命危险去食用那些非我们日常食物的野生动物，人类真的冒不起那个风险。

（2020年2月1日）

文明与野蛮之间只隔了一个野味和公勺的距离

如果经历一场大难,能让许多人有所觉悟,也算一种得着。

不仅要保护野生动物,取消野生动物市场,禁止食用野生动物,城市和城镇应该同时取消活杀禽畜市场,因为许多时候禽畜携带的病毒病菌正是通过活杀市场跨种传播给人类的,而从严格管理的禽畜加工厂中经过检疫、消毒、加工、包装好的肉类食品则安全性提高几个数量级。

为了避免今后再发生病毒病菌大传播,民众要加强卫生防疫意识,家庭用餐和公众聚餐一定要实行自助餐制度,即用公筷公勺自助分餐后进食,避免各种病毒病菌(常见如幽门螺杆菌、甲肝病毒、丙肝病毒、流感病毒,等等)通过各自唾液和体液交叉传播。

我去年参加了几次国内旅行团,旅行团午餐时把一群互不相识的人安排在一张桌子上进餐,大家用自己的筷子夹菜吃食,我觉得不可思议,因为谁也不知道中间有哪些人携带有上述的各种病毒病菌,正通过他/她的筷子传染给同桌的其他旅行团员。

我每次都向领队提出抗议,建议改用自助餐进食,但都无济于事。我通常的做法只能是赶紧用自己还未吃的筷子给自己碗里多取些各种菜,快快吃完了事,等于是吃了自助餐。

如果我们不愿意用自律精神从现在开始改变一些不卫生

的生活习惯比如进餐方式，相信20年或50年后我们一定会被后代们耻笑的。

建议文旅部应该尽快下达通知，让旅游团餐饮实行分餐的自助餐形式。否则，旅行团成员来自全国各地，又返回全国各地，是病毒病菌的最佳扩散传播载体。

建议中央电视台多播保护野生动物、倡导全民实行自助餐、宣传低盐低油健康饮食、加强全民卫生防疫意识的公益节目。

为了让全民接受健康卫生的新型进餐方式理念，国家卫生部／宣传部不仅要加强宣传分食分餐的重要性，还要为民众提供一套容易执行的、可操作性强的方案；同时建议和鼓励知名人士如明星们多做推进文明卫生进餐方式的公益宣传活动，做文明进餐形象大使等。

我记得在80年代初时，胡耀邦总书记思想开放，前瞻性强，曾经倡导过使用公筷公勺等健康卫生进餐方式。但推行很短时间后，不了了之。我觉得究其原因，一是重要性和必要性的宣传不够，二是要改变千年习性很难，三是政府宣传部门和卫生部门没有给民众提供一套既简单、又可操作的替代进餐方案。

笔者认为新型进餐方式不能建议用"公筷"，而应该用"大号公勺公叉"，其原因是民众在餐桌上用几次公筷后，就分不清哪是"公筷"，哪是"私筷"了，最后以不愿意接受而失败告终。

笔者认为新型进餐方式分两步推进比较容易成功，也具有可操作性。

1）家庭日常进餐和小型聚餐：改用大号公勺公叉。在目前的家庭日常进餐和饭店聚餐方式下，一律在菜碗（菜盘）中放一把大号的公勺或公叉，个人用一只盘子、一副筷子进餐，用大号公勺（叉）取菜到自己盘中后，自己用筷子进餐。必须避免用所谓的"公筷"，因为通常用几下就分不清哪是公筷，哪个是私筷，最后以失败告终。国家卫生部门必须立法要求饭店、餐厅、食堂一律提供大号公勺公叉。

2）在民众广泛接受使用公勺公钗分食进餐方式后，进一步实行自助餐制度；家庭日常进餐比较简单，就是把菜肴放在独立厨房或独立的桌子上，个人用餐盘取菜后回到餐桌进餐；饭店聚餐，旅行团聚餐，法律规定一律实行自助餐制度。

有一种不锈钢的带齿勺（飞机餐上经常见到），可以同时起到勺和叉的作用，可以称其为"叉勺"，是最佳的替代餐具；建议制造大号的不锈钢叉勺作为标准的新型进餐方式餐具向公众推荐；其使用简单方便，不会和私筷混淆，成功性将大大提高。

（2020 年 3 月 6 日）

成则英雄败则贼，从蚩尤看掌握话语权的重要性

黄帝战蚩尤的故事，出自中国上古奇书《山海经》，非常精彩。

中国上古时代有三个大部落，分别是轩辕、神农和九黎。

轩辕的部落首领是大名鼎鼎的黄帝，神农部落的首领是炎帝，也很有名，唯独九黎的首领，叫蚩尤（chī yóu）。这是我见过的最难听、最难堪的名字，让人联想起一条虫子。

九黎首领怎么起个如此难听的名字呢？原来，这名字不是九黎部落人自己起的，是黄帝给他起的。

轩辕、神农和九黎三个部落是当时最为强大的，于是争霸战开始了。轩辕怕两面受敌，所以黄帝采取先发制人的策略，突袭神农部落，在阪泉郊野的大战中击败了神农部落。黄帝乘胜挥军，和九黎部落开战。

上古时代没有文字，一直到了黄帝时代轩辕部落发明了文字。轩辕酋长们称呼他们的首领为"天子"，尊称他为"黄帝"，黄帝者，黄色的土地。因为黄帝正和九黎部落作战，便仇恨、厌恶地称九黎首领为蚩尤，将他妖魔化为虫子、野兽、邪神形象。

轩辕部落军队一直挺进九黎部落的根据地涿鹿，会战在涿鹿郊野，这是历史上最早和最有名的大战之一。最后黄帝击败九黎部落，杀死蚩尤。这一著名战役使轩辕名震当时的

中原，使黄帝威名远扬，天下臣服。而落败的九黎蚩尤的后人一直往南逃窜，定居在湘赣鄂山区，据说彝族就是九黎蚩尤的后人。

因为只有轩辕部落掌握文字，也就是说黄帝才有话语权，所以，九黎的蚩尤至死也不知道自己在历史上留下一个如此丑陋的名字。

或许，蚩尤的悲催遭遇可以让我们多一点独立的思考，而不是人云则信！

（2020年2月23日）

观　念

离 婚

陈鲁豫说,父母和长大的孩子之间最好保持送一碗热鸡汤的距离,近了烫人,太远又凉了。

国人以孝为先,天下人可以有错,父母没错。冯唐(美国留学海归)是我见过的国人中极少数实话实说,敢拿他老母亲开涮的。他说,他姐姐不能和他母亲住在同一个国家,他哥哥不能和他母亲住在同一个城市,他自己已处心积虑努力孝敬他的老母亲,但也不能和她住在同一个小区里。

孩子长大了,父母一定要学会和他们进行关系的切割,不然的话,还把孩子当作你的私有财产,当作老母鸡翅膀下长不大的小鸡爱护着,只会适得其反,带来无尽的伤害。

我前几年在国内时住在无锡某小区,隔壁邻居是一对夫妻,只在进出电梯时偶尔相遇,互相点个头打个招呼而已。他俩约40岁年龄,女的很矮,男的更矮。我心里琢磨,他俩见我特别牛高马大,和他俩站一起反差那么大,心里也会跟我一样嘀咕一下:怎么会这样呢?

他俩给我印象是进进出出和和睦睦,家里也平平和和,一丁点声音都没有。虽隔了一墙,但隔墙耳朵特别敏感,声音响点都能听到。

忽一日傍晚,我突然听到隔壁男的高叫一声"离婚",紧接着听到女的大叫"离就离,不离是小狗"。我一阵纳闷,今天是咋的了,平时不是和和美美好好过日子的么,怎么忽然闹离婚了呢,咋还扯上小狗小猫了呢?

等会后我出去散步,一开门,见一老太太站在电梯间,面朝窗户,似乎在生闷气呢。我走过时瞄了她一眼,直觉告诉我来的老太太是隔壁男的母亲。

我顿悟刚才"离婚"的原因了。

后记:老太太没几天就离开了无锡,隔壁又归于寂静,两口子进进出出完全和以前一样和和睦睦,如同啥事也没发生一样,离婚的事忘九霄云外去了。

(2020年10月29日)

因你听见,所以存在

有个科学家提出一个问题:在一个原始森林中,一棵树忽然倒下,但周围并没有人,请问,森林中发出哗啦啦的响声了吗?

你肯定会说,书呆子问的呆问题!不管有没有人在,当然发出声音了。

真这么简单吗?如果仔细考虑一下这个问题,这是一个深奥的科学问题:1)物质或能量只有在相互作用时才会被感觉存在;2)波所承载的信息(内容)要被一个"探测器"探测到,进行能量转换、分析后才能知道。

拿树倒下这个问题来做解释。首先,结论是,树倒下时,如果周围一个人也没有,森林里什么声音也没有。

声音是什么?声音是一个振动源,比如树倒下,引起树干和树枝振动,树干振动引起周围空气振动,从而产生一个声波,呈球形向外传播。如果声波传播的路径上有个探测器,探测到了声波,将其检波、分析、还原出的声波信息(声波内容),为声音。

所以,"声音"和"声波"是两个概念。

人的耳朵就是这样一个声波探测器。在声波传播的路径上如果有人的耳朵存在,声波抵达耳朵鼓膜。声波能量和鼓膜作用,发生能量转换,引起鼓膜振动,鼓膜振动通过神经传递给大脑。大脑分析判断后,说这是"哗啦啦"的声音,根据经验推断可能是一棵树倒下发出的声音。

如果大树倒下时,周围没有任何声波探测器(例如人的耳朵),声波向四周传播,引起空气或大地振动,然后逐渐衰减,直至声波能量最终变为零,等于什么也没有发生,也就是说那片森林里从来就没有"哗啦啦"这样的事情发生过。

我们周围环境空中存在着无数的声波,这些声波是什么内容,是哗啦啦一响?还是小提琴美妙的乐声?或是女中音美妙的歌声?要有一只耳朵存在,才能检测、分析、识别出声波的内容。

为了进一步帮助理解"波"和"波承载的内容"是两个概念,拿调频广播电台和调频收音机说事。

调频广播电台把邓丽君的歌声变成电磁波从空中发出去。如果我们手边没有一台调频收音机(即电磁波探测、接收、解调器),空中有邓丽君的歌声吗?没有!电磁波穿过你现在所处的位置,瞬间消失得无影无踪,什么也没留下,更甭提什么邓丽君的歌声了。

但如果你手里有一台调频收音机,收音机的天线接收器将电台发出的极其微弱的电磁波能量转换为微电流(纳安或皮安级别),再经检波、放大后通过扬声器传播出来,你就听到邓丽君美妙的歌声了!

没有收音机,即没有一个电磁波探测器,空中虽有无数电磁波传过,却什么声音也不会听到。

相信没有人会空着手,说,听啊,空中有成千上万个电台发出的波,都在播着各种各样美妙的音乐和歌声呢。

因你听见,所以存在!

(2019年1月14日)

任何美女都有最佳观赏距离

保罗·狄拉克（Paul Adrien Maurice Dirac，1902年8月8日－1984年10月20日）是著名的英国理论物理学家，量子力学的奠基者之一，对量子电动力学早期的发展做出重要贡献，曾主持剑桥大学的"卢卡斯数学教授"席位。他给出的狄拉克方程可以描述费米子的物理行为，并且预测了反物质的存在。1933年，因为"发现了在原子理论里很有用的新形式"（即量子力学的基本方程——薛定谔方程和狄拉克方程），狄拉克和埃尔温·薛定谔共同获得了诺贝尔物理学奖。

狄拉克是令我闻其名肃然起敬的科学大师、科学巨匠、科学泰斗级人物。在量子力学的世界里，有两位科学巨匠，一个是玻尔，还有一个就是狄拉克。在20世纪初群星璀璨的天才时代，狄拉克以独一无二、真挚的灵魂让人魂牵梦萦、念念不忘。

作为一个理论物理学家，狄拉克对于数学的推崇从未掩饰。1955年他访问莫斯科大学物理系，当被问及个人的物理哲学时，他在黑板上写道："一个物理定律必须具有数学美。"

至今，莫斯科大学仍保存着狄拉克写有这句话的黑板！

狄拉克有一个理论：任何美女都有最佳观赏距离。道理很简单：当距离为零时，观察者贴在美女脸上，只见一寸肌肤，盲人摸象，无所谓美；而当距离为无穷大时，美女近似为一质点，连形状都丧失，更无所谓美。综合以上两种极端情况，由连续函数性质，命题即得证。

美女如此，世间万物无不如此，都有个最佳距离：亲情如此，朋友如此，客户亦如此。曾经读过一篇很好的讲述家庭关系的文章："和孩子最好保持一碗鸡汤的距离"。一碗刚出锅的滚热鸡汤，送过去给孩子，挨得太近汤会烫人，太远等汤送到又凉了，最佳的距离是不烫不凉。这其实就是狄拉克的美女最佳观赏距离的一个翻版。说到底，人和人之间要知道、明确、保持合适的界限，不能越过。

由此可见，大师的理论不仅适用于科学，对人性、人生、人文亦有指导意义。感性民族需要多一点理性思维、理性思考，需要用理性、哲学来指导人生、社会。

由大师的观赏问题，我想到一个成像的哲思问题：深山老林里一朵红色玫瑰花盛开了，但周围没有一个人，请问花是我们看到的样子吗？

这是一个有关可见光（特定波长的电磁波）、物体对光反射、聚焦成像、感光的综合议题。也是要说明，物体的形象其实决定于观察主体或观察者。

人看到的物体形象，实际是物体对可见光反射，通过眼睛里的晶体透镜聚焦，在感光物质视网膜上成像，经大脑分析后得出的一个主观形象判断。

我说是主观形象判断，可能会有人，也许很多人，不同意，他们会说，物体是客观存在的。下面我用反驳（反证）的方法论证我的观点。

1）物体的形象需要有可见光、聚焦透镜、感光元件三个基本要素同时存在，才能见到，是"与门"关系，缺一不可；也就是说，这三者缺一，物体的形象就不存在。举例：

a）没有可见光：在伸手不见五指的漆黑夜里，周围没有任何物体的形象可见；

b）晶体不透明，不能聚焦光成像：双眼得了严重白内障的患者，看见模模糊糊一片，并没有物体形象；

c）没有感光元件：视网膜严重脱落患者，虽然晶体正常，却看不到任何物体。

我认为，一个天生的盲人，哪怕你用一整天时间对他苦口婆心地解说什么是一朵红色玫瑰花，他也不会想象出红色玫瑰花的样子来。为什么？因为那朵玫瑰花从来没有在他脑子里形成过一朵玫瑰花的形象，也就是说不存在玫瑰花的形象，因为物体形象是主观形成的。

2）可见光、聚焦透镜、感光元件三个基本要素之一发生变化，物体的形象就变了。这加强证明物体的形象是主观意识形成的这一论点。

a）光源变了，物体形象也变了。一朵红花，在漆黑的晚上，什么也看不到；如果用红色光照射，看到红色花；如果用绿色光去照射，还是漆黑一团，什么花也看不到。因为所谓红色物体，只不过是用白光（白光是380nm—880nm之间的连续可见光，即太阳光，或模拟太阳光的白织灯光，或黄红蓝三原色光照射）照射时，吸收了红光（中心在650nm左右）以外的光，红光不被吸收，反射出来，被我们的眼睛感知，所以说那是红色物体。因此如果在漆黑的环境下用不是红光的光去照射红色物体，光线全被吸收，当然什么也看不到。

类似，一个所谓的"白色"物体，在漆黑无比的环境里，什么也没有；如果用红光照射，你看到一个红色物体；如果用绿光照射，又看到一个绿色物体；而如果用黄光照射，又变成一个黄色物体。

看着物体形象随着照射光源变魔术似的改变，你或许会大声发问：物体还有没有一个固定形象啦？答案是没有。

b）如果聚焦的晶体变了，物体的形象就变了。鹅看到的物体跟我们人看到的大小相差甚大；苍蝇是复眼，眼睛上有数千个晶体，看到的物体跟我们看到的完全不一样。请问，谁看到的才是真实的物体形象？答案：都不是真实的，都是各自主观形成的物体形象。

c）感光元件变了，物体形象也变了。狗的眼睛是色盲，也就是说不能区分色差，看到的世界都是灰色的。据说，红色（人类认为的红色）在猫的眼睛里是绿色。

3）我们看到的物体和真实的物体实际上可以相去天差地别。举例，太阳直径大约是 1392000 公里，是地球直径的 109 倍，但在人类的眼睛里却只有一个篮球大小。人类是根据思维、推理、仪器测量、计算等手段知道实际上太阳比篮球大得多，但我们能相信一只狗看了看太阳，能区分它看到的太阳形象和真实的太阳之间的关联和差别吗？！

4）用照相机来加强说明，帮助理解。所有生物的眼睛都可以等效成一只照相机；相机成像有两个要素：镜头，感光元件（胶片或 CCD 电子感光器件）。

a）拿走感光元件，留着镜头，无论把玫瑰花放在相机前如何摆 pose，也看不到一张玫瑰花的照片来。

b）去掉镜头，留下感光元件，对着玫瑰花拍摄，左拍右拍，最后看到拍出的照片上是一团乱七八糟的漫射光线，哪里有漂亮、美丽的玫瑰花呢？

5）假设可见光聚焦透镜、感光元件三要素都没有问题了，被观察物和观察主体或观察者之间的距离，简称观察距离，仍然对被观察物体的形象有很大影响。观察距离可以简化为被观察物体离开透镜的距离，称为物距。物距不一样，看到的物体形象也不一样：

a）当物距在一倍焦距以内时，得到正立、放大的虚像；

b）物距在一倍焦距到二倍焦距之间时，得到倒立、放大的实像；

c）在二倍焦距以外时，得到倒立、缩小的实像。

d）观察者看到的像（物体形象）和物距的关系可以总结为：

物远像近像变小；物近像远像变大。即物体远离时，像越来越近，越来越小；物体靠近时，像越来越远，越来越大，最后在同侧成虚像。

6）回到本文问题：深山老林里一朵红色玫瑰花盛开了，但周围没有一个人，请问花是我们看到的样子吗？

我的看法：不是！实际上什么形象也没有。这和拿一架去掉镜头和感光元件的相机，到山里对着玫瑰花使劲拍，然后拿回家，一看，什么也没有，是一样的。

你可以想象一下没有人的深山老林的现场：阳光晒下来，照射到包括玫瑰花在内的许多物体上，各种物体或吸收一些光，或反射一些光，空中充满了漫反射的可见光，当然也充满了各种眼睛不能感知的其他电磁波，混混沌沌一片，什么也没有。因为没有一只人眼，即可以聚焦成像的镜头或感光元件在现场，去感知那些反射的光！

（笔者声明：文章完全是学术性讨论，为一家之言，欢迎不同意见和看法进行探讨）

（2019年2月2日）

春恨秋悲皆因变

以前写过一篇散文,大意是人类一切伤感、惆怅、忧伤都是事物发生变化引起的。花开着开着就谢了,叶绿着绿着就黄了,人活着活着就老了,朋友走着走着就散了……这不都是"变"引起的吗?正是:花容月貌为谁妍,春恨秋悲皆因变。

与"变"对应的是"不变",或说"永生""长生不老"。什么东西能永生不变?怎样才能永生呢?

这不仅是人类思考的问题,几十亿年前多细胞生物,确切地说是生物的基因 DNA 就已经开始"思考"这个问题了。

不说宇宙,说小一点,地球上的无机物,除了某些,绝大多数都不是永生不变的。岩石会风化分解,金属会氧化,盐会溶解,等等。只有少数物质如黄金、白金和一些惰性气体,可以说能永远不变。

有机物就更不用说了,几乎没有一个有机物能永远不变,所有有机物在有限的时间内,按年算,都能发生老化、氧化、分解等反应。

因此,永远的物质,比如黄金白金,没有生命,而有生命的物质则不会永生,这是摆在原始多细胞生命面前的一个难题。不能永生,生命有什么终极意义呢?!

那么,怎样才能永生呢,DNA 想——复制自己!虽然单个 DNA 分子不能永生，但如果我不断拷贝自己，克隆出无数一模一样的 DNA 分子出来，然后再一代一代遗传下去，不就永生了吗？！

DNA 很聪明，找出了一个既有生命，又能永生的道路来了。

不过，在永生这条道路上，DNA 遇到了巨大的挑战。DNA 在复制自己的过程中，难免出错，一旦出错，因为是 DNA 独自复制自己，即单性繁殖，子孙后代都不一样了。这就如同一旦走上了一条岔路，就一直走下去，而且岔路下面还会有岔路，无法回头。无需多久，这种错误累加，导致地球上存在无数的、和最初的 DNA 完全不一样的 DNA 了，即物种多样性，和 DNA 最初想永生的想法背道而驰，因为 DNA 也变了！

怎么办呢？ 双性繁殖应运而生：单个 DNA 不能复制自己，需要同物种的两种不同性别的生物，即一公一母，配合，各自出一半 DNA（双螺旋结构分开后的一半），才能复制繁殖。双性繁殖的优势，懂点统计学的都懂，DNA 通过混杂和平均化，避免了因为复制错误导致的向单一方向无限偏移，良好地保持了物种的单一性。

弄清楚了吧，原来我们的生命都只是为基因 DNA 服务的，我们单个的生命本身没有什么终极意义，只是 DNA 追求永生过程中的一个小小承载物而已！

国人特别看重传宗接代，这里要说句丧气话了。人类的 DNA 都只是原始 DNA 追求永生道路上的一环，所有人基因差异极小，约为 0.01%，而人的 DNA 的相似性达到 99.99% 以上。所以某个人试图让自己永远传宗接代下去，这想法既没必要，也不可能，又没意义。因为 DNA 经过几代的混杂，既保持了人类 DNA 本来的高度一致性，又消除了你个体的极其微小的差异性。

不要说人类之间的DNA是高度相似的，人类基因和猪的基因也有85%的相似性，而蛋白相似性更加高达90%。你看猪无论从外形，两只眼睛，一个嘴巴和鼻子，两只耳朵，到内脏构造、大小、血管分布，都与人极为相似。这么说吧，猪和人类也就只有几个DNA片段不一样，其他的都相同。

所以，个体生命是没有终极意义的，有意义的是DNA获得永生。从这个角度出发，生命只是DNA追求永生道路上的一个临时承载体。那么，到底是作为一个高级生命，如我们人类，还是作为低级生命，小到细菌，大到蚂蚁和苍蝇，更加幸运呢？

低级生命，虽然感受不到多少生命的乐趣，但也感受不到生命的痛苦，只是单纯地完成承载DNA繁殖和永生的临时任务。

而人类，则要承受生命的生老病死，失去亲人，容颜衰老，生离死别，乃至自然界的变化引起的春恨秋悲的巨大痛苦！

DNA进化出如人类这样的高级生命意义到底何在呢？

或许，这只不过是DNA的一个恶作剧。

DNA进化出人类这样高级智慧生命，让你感受和体会生命与自然的所有美好，然后让你在恐惧、痛苦、不舍中永远地失去这一切，而DNA自己则抛弃承载它的生命通过遗传复制永生了下去，这不是恶作剧是什么？

（2019年10月28日）

淡定人生——论建房无用功

前几天写了一篇涉及基因层面的人生意义深层思考的文章《春恨秋悲皆因变》。

要理解生命和基因的关系，需读道金斯的著作《自私的基因》。

《自私的基因》中有这么一句话："在地球上任何一种生命形式都是基因设计出来保存自己最精致的生存机器。"从这句话来看，任何生物只不过是基因的载体。

这是一个细思极恐但不争的事实：进化的本质在于基因的延续，而生命体不过是个容器罢了。对自私的基因来说，在复杂多变的环境中，时不时更换新容器，要比长期使用同一种容器，更有利于它们的传播和延续。

弄清楚生命和基因的关系有什么正面意义呢？有！人生会更加从容、淡定，不会贪得无厌，会对物质和金钱看淡。试想我们连自己的生命体都无法拥有，只不过是基因的一个容器，对这些生命以外的物质哪里能够抓得住哦。比如你戴一只翡翠手镯，真不知道到底是你占有那块石头呢，还是那块石头占有你，因为早晚你们都只是一堆物质而已。

南京有个贪官，被抓后抄出100多套房屋。这么多名下的房子她基本上都没去住过，甚至都没去看过。在监狱里她一定觉悟了，要这么多房子何用？在有限的生命里，人能自由自在比房子珍贵得多。

著名导演冯小刚去西山采景,看了十几座百年大宅,价值无法估量,但是就是这样"价值连城"的豪宅,当初的主人却已无处可寻,拿钥匙的全是不相干的人。

对此,冯导感触颇深地说道:我这年过半百的人今天突然活明白了,人啊,啥都别计较,让自己高兴才是真格的,其他全是瞎掰。钱挣得再多又怎么样?能带走吗?

说到建房无用功,比较典型的是苏州拙政园的建造者王献臣。1509年,明代弘治进士、嘉靖御史王献臣仕途失意归隐苏州后,聘著名画家文徵明参与设计蓝图,历时16年辛辛苦苦才建成拙政园。

还没住满两年,王献臣一命呜呼。王献臣死后当年,其子一夜赌博将园子输给阊门的徐少泉。此后,徐氏在拙政园居住长达百余年,后徐氏子孙亦衰落,园渐荒废,王献臣辛苦一生的积累全成了为人作嫁。

世界史上最可笑的建房无用功,没有之一,当属清政府修建圆明园。清政府用了几百亿白银,前后耗时一百多年,经历几代皇帝,建造个圆明园,结果还没住几年,圆明园就被八国联军一把火烧掉了。而且因为修圆明园,挪用军费,没钱搞民生,没钱投资民间技术创新,最后朝代灭亡了,你说荒不荒谬,可不可笑!

如果把修圆明园的巨额金钱、巨大精力和大量时间,用于鼓励发明创造和整军备战,这么长的时间跨度,和在百亿重金激励下,马可沁重机枪都很有可能率先在中国发明,根本或很大程度上就没有后来国人被侵略者屡次三番地屠杀了。

所以,钱财,够用就行,挣得再多,真的带不走一文。房子,住得比较宽裕和舒服就行,何必贪得无厌、多多益善!

活着,让自己高兴,做人,让别人舒服。人际交往的文化和指导准则应该是:不要让别人难堪,也不要让自己难堪。如果遵循这个文化准则,哪还有闹洞房闹到新娘寻死,劝酒劝到人倒地醉死,攀比一定要把别人比死等糟心、恶俗的事。

人生天地之间,若白驹过隙,忽然而已。让有限的人生淡定些,就如歌中所唱:

"生活不止眼前的苟且,还有诗和远方的田野;你赤手空拳来到人世间,为找到那片海不顾一切。"

(2019年11月5日)

我们正处于文化浅薄、粗俗时代吗?

(声明:本文为纯粹学术讨论,尊重不同观点)

社会学家说,世界文化一贯是沿着"浅薄—深沉—再浅薄—再深沉"这样的正弦曲线向前发展的;从历史角度看,优雅与粗俗交替成为时尚。

我还是比较相信这个观点和理论的。

不幸的是,我们现在的确正处于低俗浅薄的社会周期。不是我们与社会脱节了,而是社会刚好进入了和我们形成世界观、价值观和审美观都完全颠倒的周期了。

两个简单现象即可证明:

1)以前食品和餐馆取名都以高雅、有文化底蕴为主流,如采芝斋、稻香村、得月楼、松鹤楼、楼外楼等,哪怕一个小饭馆小茶馆都要取个有点文化的名字如陇翠饭馆、三园茶馆、老北京、老正兴什么的;而现在到处看到胖子饭店、王胖子面馆、麻子烧饼、口水鸡、老太婆面、厕所串串,等等,以越恶俗、越没文化,越光荣;

2)20世纪八九十年代的歌都以优雅、含蓄、内涵、美好、励志为主题,如午夜的收音机、最真的梦、花心、变心的翅膀、去吧我的爱,等等,太多太多,举不胜举。而现在流行的是"我要吃肉肉、我们一起学猫叫、老鼠爱大米"等歌词浅薄无聊,毫无文化深度，不用动脑思考，不用付诸情怀的粗浅歌曲。

当然，相信社会周期经过十年、几十年后，会重新颠倒回来，年轻一代重新追求深沉、美好、有内涵的文化。

哪怕就是现在，也不是所有年轻人都喜欢无脑文化。某次到一个都是年轻人的场合，居然在播放90年代周华健的歌曲。我问他们，你们怎么还在听90年代的歌曲，与现代脱节了吧。他们竟然回答：90年代的歌曲有内涵，有深度，好听。

（2019年7月14日）

人类文明进化过程就是"装"的过程

以前有个叫苏××的女孩，喜欢脱光了精赤条条拍写真，还到处展览她的裸体照。有人批评她这种行为不文明，有伤风化和观瞻，她一句话把人怼得哑口无言：我真，不装！

以前看一部电影，随着剧情发展，里边无厘头地出现主人公坐在马桶上拉大便、脸涨得通红的镜头。在随后观众和导演的互动中，有观众问，我花了钱来看电影，看主人公大便有何意义？导演答：真！观众哑口无言。

这年头，凡事只要能联系上"真，不装"几个字，仿佛立时就掌握了真理。

要是不加任何修饰、掩盖，就是真，那我们人类真应该向动物们学习、看齐了，因为动物最真，一点不装。

以鸡鸭鹅、猪牛羊为例，看动物们是如何活出真实的自我的：

它们不穿任何衣服，身体各个器官一览无遗地展示给同伴，而且大大方方，毫不以为羞耻，因为活得真！

它们吃喝拉撒毫不讲究，想吃就吃，想拉就拉，而且随时随地便溺，根本不用躲避同伴，不用考虑场合，一句话，不装！

它们想发情就发情，即使有同伴和别的动物在围观，仍面不改色心不跳，我行我素。

实际上，主流人类从石器时代原始人到现代人的文明进化过程，是反其道而行之，是逐渐脱离"真"，不断"装"的过程。

首先，人类觉得在大庭广众或异性面前，赤裸裸的不好意思，有了羞耻感，开始用饰物如树叶、兽皮、布片来阻挡敏感部位，渐渐地发明了穿在身上的"服装"。服装，可不就是穿衣服把自己"装"起来么！

其次，感觉当着众人面随地拉撒便溺有碍观瞻，有损形象，于是躲起来，悄悄地进行，让别人不要看见。装模作样的人类让动物们见了要笑死：装什么装，难道躲起来就证明你不拉不撒了么！

还有，本来很自然的生儿育女的第一段流程，人类觉得很见不得人，人前都要装得一本正经样，人后躲起来则回到动物状态。

就这样，人类逐渐失去了动物的真，换来的是"装"出的约束，"装"出的优雅，"装"出的文明，和"装"出的文化，并进一步发展成了人类特有的"仁义礼智信，温良恭俭让"。

总而言之，人类要是不"装"的话，和动物野兽一样真、一样野蛮、一样蒙昧、一样不开化。

我在美国某公司工作时，同事奥莉维亚经常发表一些奇怪而独特的观点。

有一次，她说她周末去mall（商城），坐在离入口处不远的凳子上一上午，观察进进出出的各种人。这些人穿得比较正式，也有人穿得比较随意，有的长，有的短，五颜六色都有。她看着看着，忽然觉得人类很搞笑，用不属于自己身体的布片把自己包裹起来，装模作样，有头有脸的；如果把这些布片都撕掉，想象他们全部光着身子，赤裸裸地走来走去的样子，人大概是这个星球上极其丑陋的动物，随便哪个别的动物如小狗、小猫、小羊，它们不需要借助任何外界的饰物，都比人类好看了几百倍。她说着，哈哈笑个不停。

我听了，只能陪着哈哈傻笑。

笑过后，忽然间悟出了这个道理：人类文明进化过程，不就是一个不断"装"的过程么！

拿裸体来说，极个别的艺术家画裸体，创作裸体雕像，搞裸体摄影，那是艺术；如果一大堆人都裸体，为裸而裸，为脱而脱，性质就变了，回到了原始、野蛮、没开化的社会。这就好比，弗洛伊德为了研究性，上班的工作是天天跟女助理切磋、探索性；如果普罗大众在单位里也天天和女同事研究两性关系，那是什么？那是道德败坏，有伤风化！因此，追求"真，不装"，看什么人，什么场景，什么场合，非常重要。

生活中有许许多多似乎活得很"真"的人，他们自由自在，不加自我约束和克制，在社会生活中不屑"装"着点，"端"着点，活得随性、任意、不加修饰、不加掩盖，比如那些在公共场所如入无人之境大声喧哗的，坐在车厢盖上号啕大哭的，碰瓷不成躺在地上打滚的，几句话不合反手给人一大耳光的，交警执法非但不配合反而推搡大骂交警的，高铁上占着别人座位还觉得理所当然的……

可不可以说，这类人是赤裸裸地向动物看齐，用动物般的"真"和"不装"，对抗着文明、礼仪和进步。

（2019年9月29日）

大榕树

深圳的大榕树,南方常见的一种树木,深南路两边比比皆是。第一次见到这种长满须须的树,就是在深圳,让人充满好奇。

榕树是一种大树,有一种铺天盖地的气象。榕树最美在根,盘根错节,起伏不定,根与树没有根本的区别。最有意思的,是有气根的那种,悬着丝丝团团的气根,缠缠绵绵,煞是壮观。

榕树生存力极强,其根茎能穿破砖石墙壁地面,即使在石头上也能生根。无论生存环境如何恶劣,榕树都能就地生根,坚强长大!

榕树的启示:立足于当下环境,无论怎样险恶,无论多么艰苦卓绝,我们都要顽强生存,勃勃向上,茁壮成长!

(2017年9月29日)

谈谈爱情观

小王是我在南京某大学任特聘教授时,隔壁办公室某教授的助理。她的教授在日本,每个月回来几次,所以平时看她挺空的,不时窜到我办公室来,问问问题,聊聊天。一来二去,是熟人了。

某天她来我办公室,说她要结婚了,邀请我参加婚宴。

不料没过几天,看到她QQ空间上更新说,不结婚了,散了拉倒吧,把男朋友的电邮通信全删除了。

不过,后来还是结婚了。

但还没出三个月,我的助理告诉我,小王离婚了。

我总有个疑惑:现代的恋人,随时随地都可以在微信、QQ上发个拥抱、接吻、送鲜花的smile,还有多少认真、严肃、对爱情宣誓的成分?一个轻易就可得的东西,谁还会认真对待和珍惜?就如我们童年时,过年吃团子、吃肉是件很盼望、很幸福的事,现在的孩子天天吃、随时吃,有何幸福感可言?

当初没有手机短信、电邮、微信、微博、QQ时,恋人的情书,都是要在纸上一笔一画,认认真真,白纸黑字,就如宣言一样,每句话都是承诺,都是海誓山盟,都是对爱情不断重新确认。信件写好后,还要装进信封,写上地址,贴上邮票,丢进邮箱,想象几天后恋人收到阅读时的喜悦。这个缓慢的过程,不就是一种诗意和享受吗?

一句话，白纸黑字写下的爱情宣言是认真的，因此也十分珍贵。不会像电子信息那样，无影无踪，一不高兴，全删除了，或一不小心，全丢了。

电邮将传递爱情的速度加快，但加快也就意味着缩短了。所以，爱的萌芽、爱的成长、爱的过程、爱的生命，会不会也都因此缩短？

抑或这就是现代流行的爱情快餐？

和严歌苓一样，我并不抗拒现代通信方法，实际上也欣然使用微信、QQ等电子通信软件。只是觉得，在得到许多方便的同时，我们一定也失去了许多、许多。

最大的失去，或许就是诗意，就是一种严肃认真的态度。

下面是摘录严歌苓谈的爱情观。

谈起爱情观，严歌苓仍透着传统和浪漫。她觉得理想的恋爱是要会写情书，两个人要用心去表达，"情书都不会写，这是不是很大的遗憾？爱情的各种段落，你缺了很诗意的段落，那不很惨吗？"

在严歌苓看来，每张纸上写下的情书都是实实在在的，相当于白纸黑字的一种结盟，这是有意义的，就是在潜意识里一次一次确认这个爱情。这样的一种心理上的享受或者折磨没有经历的话，她不知道这个爱情怎么谈。

情书在严歌苓的小说中是一个特别的存在。最接近她个人成长经历的小说《灰舞鞋》中，主人公小穗子因为在特殊年代160多封情书被曝光遭遇青春伤痛，这与《芳华》中的萧穗子遥相呼应。

严歌苓回忆起第一次谈恋爱，恋人是画家，他每次都画，收到的每一封情书都不一样，但是在部队里，管理很严格，能收到情书,"那简直就是你特别私密的一个盛大节日,现在这种可能都没有了,这种活动没有了,是不是爱情从生到灭的过程也就短了?不知道。"

和先生1992年结婚之前,严歌苓还经常与他写情书,拿英文写。"写情书你对纸张的选择,你对信封的选择,你会寄上一张照片,那是一种非常值得去体验的爱。"

反观当下,纸上情缘已经被邮件、手机短信、微博、微信等替代,人们的距离也许更近,但似乎也更远了。对电子类的交流方式,严歌苓保持着质疑态度,会用但不上瘾。享受在场的感觉,享受面对面的交流,她认为是人与人之间最基本的尊重。

"爱不只是肢体,用手机发短信写情书,那是没有质感的东西,不高兴全删掉了,或者手机丢了都有可能。你真正一笔一画在上面,实实在在的宣言,每次都是山盟海誓,这比现代的手机要好。"但严歌苓说并不恨这个时代,也不觉得不可爱,只是可能缺失了一种诗意。

(2018年4月12日)

观念的位置

刚到美国留学时，听室友说他在必胜客打过工。听他说（未做考证），必胜客每天晚上9点后打烊前，店里把准备好的一个个面团，放入烤炉中烤成金黄色的比萨，然后丢进垃圾桶，目的是不用隔夜面团，统计为当天未销售出去的比萨数量。我问：直接把面团扔了不就行了吗？答：按GMP（良好生产规范）规定，必须统计未销售的比萨，不是面团。

去国内超市购水果，发现一个架子上有许多已经有腐烂小斑的苹果，许多人贪便宜照样买。店主和顾客都共享同样的观念：把烂处挖了一样吃，何必丢弃浪费。注意，按健康食品规范，有烂斑的水果是不能再销售和进食的。

袋装大米的保质期一般是6个月。如果家里的一袋大米昨天到保质期了，有多少个中国家庭会把大米丢弃，而不是抓紧时间赶快吃掉？

假如换了你我开比萨店，会每天晚上把该丢弃的面团烤成比萨再丢弃吗？

举这些例子只是为了说明，一个全社会良好地遵循规则规范，包括例如GMP（良好生产规范），遵守纪律，需要：

1）主观上死板、刻板、不变通、守纪律、不走捷径的良好文化和习俗来支撑；处处以小聪明、善于灵活变通而沾沾自喜的民众要改变文化和习俗。

2）客观上需要高度的经济发展程度来支撑。一个人均GDP还处于发展中国家，刚刚摆脱贫困没几年，对物质物资的珍惜、吝啬、舍不得，会让民众普遍降低遵循规则的愿望。

12年发生的某药企用兑地沟油的大豆油（作为辅料）用酶发酵法生产头孢菌素中间体（注意，只是中间体），和当前发生的疫苗生产中不完全遵守GMP，部分批次用过期的原液（注：应该是指细菌或病毒培养液）生产，认为都和以上讨论的人的观念有关，就是主观上认为"一样能吃，一样能用，不会影响质量，何必倒了浪费"。

客观真诚地说，一个人均GDP还是发展中的国家，要达到西方发达国家那样的全社会遵守规则，那样的监控准度和力度，还是有待努力一段时间的。共同努力。

聊作发出一点不同声音。

（2018年8月8日）

骗得了嘴骗不了胃

几周前开始节食,晚上不吃饭,只吃一点水果,通常是一个苹果,加一个梨,或一根香蕉。

坚持几天后,每到傍晚吃水果时,尽管我主观上高高兴兴,大口大口地吃,但到了喉咙口却难以下咽,吞下去时比吃野菜还难吃,甚至有种要吐出来的感觉。

事情为什么会发展成这样呢?我想了一下,想明白了:是我的胃拒绝接受晚上只吃一点水果这样的事实。

胃对吃什么能产生饱腹感,或说能产生吃的愉悦感,比嘴巴和大脑还清楚。

能产生饱腹感的食物包含淀粉类,蛋白质类,含脂肪高的一类,说明白些就是米、面、肉、蛋这些食品;也包括淀粉和油脂含量高的瓜果豆类如红薯、土豆、黄豆、赤豆、绿豆等。

在肚子饥饿时,吃以上提到的这些能产生饱腹感的食物,保管你的胃马上舒舒服服起来。

所以,北方人管大鱼大肉大油这些能产生饱腹感的食物叫"硬菜",是有一定道理的。

对应"硬",就有"软",那些不能让胃产生饱腹感的食物就是"软菜",包括蔬菜、多数水果、饮料,等等。

小时候,肚子饿时,大人开玩笑说,喝点水填填肚子。

大家或许有过这样的体验，当饿肚子时，如果真去喝一大碗水，你的肚子不仅没有饱，反而更饿了；给一个饥饿的胃补充几碗白水，产生的难受感让人想死的心都有。

因此，肚子饥饿时喂它一些没有饱腹感的"软"菜，比如水果、蔬菜、没啥油水的汤等，胃是很不高兴的。

在南京高校工作时，曾经有个小伙伴忽发奇想，要做鱼鳞膏。所谓鱼鳞膏，就是把鱼鳞放在水里煮，加些调料，成胶体溶液，放冷后切成块吃。

我对此不屑一顾，以为如果里面不放些真材实料的鱼肉或别的肉，人的胃根本没有兴趣吃这种东西；有没有"硬"家伙在里面，一入嘴巴胃就知道了。

果然，小伙伴的鱼鳞膏失败了，那东西吃到嘴里就是一口水，胃对此根本不感冒，能产生什么好吃的愉悦感呢。汤味道调得再好，也骗得了嘴骗不了胃啊。

几天前到日本大阪旅游，晚上在道顿堀和黑门市场的美食街大开杀戒，吃大量生鱼、牛肉、海鲜等"硬"菜。对这一反常的举动，我的胃鼓掌欢迎，感觉到它兴高采烈，载歌载舞，快乐得就差从我肚子里蹦出来了。

不知道晚上只吃水果的节食行动还能坚持多久。现在的情形是：一到傍晚吃水果时间，胃知道我又要搪塞它，几个水果就想糊弄它熬一个大晚上，于是它不干了，抗议了，它关上胃口，让我吃水果比吃中药还难受啊！

毫不夸张。

权作节食几周的感想。

（2019 年 11 月 13 日）

数目化管理是达成治理的关键

按：国内高铁扒车门，高铁霸座，公交车上拉扯方向盘，自己跌倒讹诈他人，扇执勤警察耳光，前车盖顶着警察在路上狂奔，等等，无赖、撒泼、不遵守规则的行为层出不穷，故做了些对策思考，希望抛砖引玉，也希望国家能拿出真正有效的、一劳永逸的治理方略来。

文明和素质的推进绝大多数时候并不是靠宣传教育，而是靠法律法规的强制推进（enforce）。

怎样才能有效地推进法律法规呢？要靠达成"数目化"管理，惩罚措施明细化，严格和强制执行。

近日澳大利亚出现草莓藏针事件，澳大利亚警方第一时间公开宣布肇事者一旦抓获将判15年监禁。这就是"数目化"管理，让大家都知道"15年"这个数目。如果只是宣布"抓获后将得到严惩"，这里经常听到这类用词，就没有效果，因为鬼知道有多少违法违规的人最后有无受到惩处？受到何种惩处？这样有何威慑力，怎么能enforce（强制、强迫推进）法律呢！请问，什么叫"严厉惩处"？打三个响屁股算不算严厉惩处？法律法规求责求罚含糊不清的话，根本无法有效地推进法制和法规。

再以新加坡为例。新加坡对各种肇事者执行鞭刑，何种违法违规行为抽打多少鞭,都明明确确有数目化规定,是"数目化"管理的典范。

凡是几千年来都达不成治理的国家,都是无法实现数目化管理的政府和国家。拿中国来说,长期对无赖、撒泼、讹诈、一哭二闹三上吊,甚至对抗警察妨碍公务等恶劣行为没有有效的应对措施和办法。各地执法人员遇到这类游走于法律边缘,违纪违规的行为,一没有应对的法律依据,二没有惩处的法律条目,三没有应对的预防训练,所以往往是不作为,为而不严,为而无效,起不到治理的作用,所以这类恶劣行为者有更加泛滥自流、为非作歹的迹象。

解决办法就是实现数目化管理,即立法要不厌其细,建立非常详细的法律条款,并不折不扣地实施。

这里讲的"数目化"管理的数字,不仅包含上述的10进制数字,也包含二进制数字0和1,即两种状态,没有中间含糊不清状态。举例:如果执法警察不严格执行上述条款,徇私枉法,则一旦核实即开除出警察队伍,永不录用公务员。这里留在警察队伍忠诚敬业地工作,和徇私枉法被开除出警察队伍,就是0或1的数目,只有两种状态,没有模模糊糊、充满人情味、管理惩处不严格的各种人为的中间含糊状态。

因此,法律的推进其实很像编辑一个计算机汇编语言,一环扣一环,严格自洽,每个节点都按数目化的0和1严格执行,就可以到达程序终点。

国民的思维逻辑能力决定能否达成数目化管理。看看世界上哪些国家早就能达成治理,哪些国家始终达不成治理,为什么?这里就不多解释和展开了。看官或说是制度原因?否!欧洲国家和日本等都是在皇权制度时就已经达成数目化治理了。

另外补充一下,为什么说文明和国民素质的进步大多数时候是靠法律和法规强制推进的呢？举个例来说明：中国男人留猪辫、女人包小脚、抽鸦片、娶小妾等恶习陋俗，都是辛亥革命后军政府下令去除，并强制执行的，大家应该记得鲁迅《阿Q正传》里假洋鬼子进城辫子被强迫剪掉了；并不是先宣传教育，老百姓一起热烈讨论，然后大家投票决定是否去猪辫，去小脚，去小妾……如果是那样的话，我相信，大家现在脑后还拖着一根长长的猪尾巴，到处晃悠呢。

(2018年9月22日)

影 评

风华绝代——电影《芳华》观后

青春不是年华,是你我的芳华!

前天看了《芳华》,但总觉得意犹未尽,昨晚又看了一遍。

《芳华》可以说是这些年冯小刚拍得最过瘾,对场景和情绪渲染得最淋漓尽致的一部片子。

最让人感动的是片尾萧穗子的独白:"我不禁想到,一代人的芳华已逝,面目全非,虽然他们谈笑如故,可还是不难看出岁月给每个人带来的改变。"

什么是芳华呢?严歌苓说:"芳华就是理想,有理想就会使你的青春变得特别璀璨、壮丽。"这是这部影片最触动人心的语言。

影片在韩红具有沧桑感和穿透力的《绒花》歌声中展开和结束,这样的音乐,这样的歌声,在电影《小花》之后时隔38年,让三代人听了泪奔,毕竟《绒花》对几代人都是那么熟悉。

在缓缓的《绒花》背景音乐声中逐渐展现那段激情燃烧的峥嵘岁月:在部队文工团的象牙塔里,一群俊男靓女,肆意挥洒青春。满屏的小清新脸,看腻了以前流量明星清一色的锥子脸、大嘴唇,不禁耳目一新。最享受的是片头《草原女民兵》舞蹈,一群英姿飒爽的姑娘,背着冲锋枪,挎着马刀,挥舞着红旗,舞姿曼妙又潇洒,充满青春活力和时代感,是真正的艺术享受，让人仿佛又回到那阳光灿烂，充满理想，风华绝代的岁月。

接下来的剧风猛地一变，充满各种冲突和伤感。何小萍的悲剧从进文工团的第一天起就有预示：首先是女团长让她做两个动作，何小萍做完三个前空翻，再做几个平转，但电影镜头里郝淑雯完全挡住了何小萍，根本看不到她做平转的动作，然后就直接扑通跌倒了。何小萍出身卑微，郝淑雯则是副军长的女儿。接着就发生了何小萍偷拿林丁丁军装拍照事件，让她成为被众人奚落，受霸凌的对象。何小萍本以为进入部队文工团就能得到尊重，结果如当头一棒让她梦碎，就如那张被她悄悄撕碎藏在地板下的穿军装彩照一样。后来发生的用洗澡海绵做文胸假体放在衬衣里，也是何小萍干的，虽然电影里没有交代。一个出身底层的姑娘偷偷地爱美，却受到了羞辱，令人同情。

何小萍的命运从童年时就注定了。常说性格决定命运，何小萍的童年在原生家庭里受到了摧残，性格有缺陷，做事不太阳光，所以也注定她不被文工团的战友们普遍接纳。何小萍童年跟随母亲到再婚的家庭，遭受继父和弟妹们的歧视，自谓"周围全是家人，却没有一个是亲人"。在那个年代里，由于中国贫贱的历史原因，相信有许许多多孩子如何小萍一样在原生家庭里遭受了伤害，留下深深的童年伤。俗话说，贫贱夫妻百事哀，难道贫贱家庭不一样百事哀么！

影片所有人物中最让人喜欢的是萧穗子，由钟楚曦扮演。钟楚曦在片头舞蹈中领舞那一段简直美呆了，给人印象至深。高人点评说钟楚曦是最典型的六七十年代军队文工团女演员形象，怪不得呢。

萧穗子是严歌苓的原型。严歌苓有过一段辛酸的初恋，她15岁在部队文工团时，爱上了一个30岁的军官，爱得死心塌地，为他写了上百封情书，但不幸的是她的爱却被军官出卖，把严歌苓写给他的情书都上交了。在《芳华》里严歌苓化身为萧穗子，也演绎了一段辛酸的爱：萧穗子爱上了吹军号的陈灿，萧穗子为了这段爱情，跟前跟后讨好着陈灿，甚至不惜拿出金项链给陈灿做牙托，算用尽了心。

陈灿是军区副司令员的儿子，但他一直隐瞒自己身份。当郝淑雯知道陈灿的身份后，没有几天就和陈灿好上了，萧穗子却还蒙在鼓里。当萧穗子刚把写给陈灿的情书和诗塞在他琴盒里，就知道郝和陈已经确定了关系，惊讶得张大了嘴，然后悄悄地从琴盒里拿回给陈灿的情书一片片撕碎了，很伤感，令人唏嘘。

严歌苓曾说，青春对于你们是美好，对我却是悲凉的，世界以痛吻我，我愿报之以歌，可见严歌苓对这段悲伤的初恋耿耿于怀，对她的人生态度和哲学造成多深的影响。

严歌苓后来当了战地记者，上过老山前线，和有在军队文工团经历的冯导自然是一拍即合。

郝淑雯是个有争议的人物。她出身高干，有天生的霸气，拉手风琴时有着特别的高贵气质。她看不惯何小萍的土气，霸凌何小萍，又毫不犹豫地从萧穗子（用现在的话说萧穗子和郝淑雯算是闺密）手中夺走陈灿，都是出于天生的优越感和年少气盛，但不见得她品质有多不好，她后来看到战友刘峰被联防队欺负，冲上去护战友，破口骂"敢打残疾军人、战斗英雄"，以及把刘峰写的她帮他交的1000元罚款的借条撕掉说"难道战友情连1000元都不值吗！"都令人感动。年轻时谁没有过年轻气盛和做错的事!

上海姑娘林丁丁没有什么争议,用现在的语言她就是个"绿茶婊""心机婊"。她在喜欢她的男人间左右逢源,享受被爱的种种。她一边接受吴干事给她喂橘子罐头和亲吻拥抱,一边又接受活雷锋刘峰的关爱和暧昧,到最后一个被她出卖落井下石,另一个被她抛弃,她自己嫁给澳大利亚华侨去了。林丁丁这个女人是丑陋的,面目可憎的。

谈刘峰有些沉重。刘峰本是值得尊重和爱的人,但他对80年代开始社会和人的价值观念发生的变化不敏感,人们既对刘峰这样的雷锋榜样和好人有墨守成规的高要求,如不能有正常人的七情六欲,又有一些玩世不恭的鄙视,这些导致了刘峰的悲剧。刘后来上了战场,成了战斗英雄、残疾军人,全社会应该给予这些上过战场的军人敬意、尊重和抚恤。让人欣慰的是,刘峰最后和何小萍走到一起:他们从未结婚,却待人温和,彼此相偎一生。《芳华》中最后萧穗子的那句旁白特别提到刘峰和何小萍:"倒是刘峰和小萍显得更为知足,话虽不多,却待人温和。原谅我不愿让你们看到我们老去的样子,就让荧幕,留住我们芬芳的年华吧。"

讲战争残酷的同时,也要讲战士的英勇、壮丽和为国家的奉献。严歌苓年轻时遭遇了感情挫折,上过前线见过战争的残酷,因此她的作品中揭示阴暗面多了些,但我宁愿看她作品里光明的一面。

这些年中国社会大变革已经改变了我们所有人的人生,社会也有了长足的进步,但是最大的缺憾是,失去了理想和信念,所以尽管物质丰富了,但人却变得面目可憎,就如片尾萧穗子看着去了澳大利亚10年后林丁丁寄回的相片,调侃说:"现在刘峰还想摸她吗?恐怕连假手都不想摸了!"

没有理想,只追求金钱和物质的林丁丁已然变得面目全非。那么,一个失去了理想的社会和人类,不也一样只能变得面目可憎吗!

《芳华》为什么让五十年代到七十年代的三代人都喜欢呢?八十、九十年代是让人心情最愉快的年代,是最纯真的年代,处处都是正能量,走到哪都是欢乐,都是真情。后来越走越远,失落了许多。

真不敢相信我们60后这批人也会老,这批人最不该老!我们曾经豪气干云,跨越大洋,遨游四海;我们曾经理想闪光,有诗和远方,直到今天仍保留一颗年轻的心,等待飞燕归来的春天,那是一代人的春天和芳华啊!

(2017年12月20日)

《中国合伙人》短评

这几年中国电影就三部让我喜欢：《致我们终将逝去的青春》《中国合伙人》《芳华》，都反复认真看了好几遍。

《中国合伙人》让我喜欢是因为它演绎了创业者的梦想、艰辛、坚持、光荣和成长，有很强烈的代入感。就如孙陶然在《创业 36 条军规》中说的，创业是和平时期最绚丽的一种生活方式，创业一年，你能体会到的辛酸苦辣、悲欢离合等于循规蹈矩的五年甚至十年。只有梦想才是创业的唯一理由！

影片中王阳（影射新东方的王强）是我最喜欢和欣赏的角色，因为他最具有团结和宽容的能力。影片里有个细节，在陈冬青（俞敏洪原型）和孟晓骏（影射徐小平）产生矛盾、互相猜忌的时候，王阳在和他们两个人各自单独相处时，都是反着说另一个人的好话，尽管实际上陈和孟都在王阳面前说了对方坏话，而不是添油加醋、挑拨离间，说明王阳是一个心胸开阔、格局大的人。陈冬青和孟晓骏是因为王阳的凝聚力，让他们两个都成为王阳的朋友而走到一起。

影片充满时代的精神，激励人为了梦想而孜孜前行。

最喜欢的一句话是陈冬青说的："梦想是什么？梦想就是一种让你感到坚持就是幸福的东西！"

（2017 年 12 月 16 日）

有一种青春叫疯狂

这几年就三部电影让我喜欢,《致我们终将逝去的青春》(《致青春》)《中国合伙人》和《芳华》,都反复认真看了3~4遍。好的作品一定要反复多看,比如《红楼梦》原著,毛主席说不是看一遍两遍,而是要看三遍四遍。今天有几个小时空闲,赵薇的新闻让我忽然想起许久未看的《致青春》,于是又重温了一遍。

每看这部电影都会有更深的体会:郑微的追求,张开的暗恋,陈孝正的孤标傲世和后悔,林静的错过,阮莞的隐忍,许开阳的无奈,黎维娟的现实,朱小北的尊严,都在心中慢慢化开。有一种青春叫疯狂。

看电影《致我们终将逝去的青春》纯属偶然。

我对国产电影其实不大感兴趣,通常是不看的,浪费不起时间。只有朋友强烈推荐说某电影不错才有可能去看一次。

那天和往常一样散步经过国际影城门前,无意间看到《致青春》电影海报,片名一下子就把我眼球吸引住了,感觉不俗,当即决定观看。以前一些恶俗的片子,比如××、××之流,一看片名就能分辨出来,让人大倒胃口赶紧退避三舍。就如李敖说的,一堆狗屎,你老远一看就知道这是堆狗屎,用不着去抓一点闻闻、尝尝才知道。

我以为《致青春》是近些年国内难得的一部好片子。

《致青春》是著名作家辛夷坞的代表作,今年被改编成同名电影,是赵薇的导演处女作,也是其在北京电影学院导演系研究生的毕业作品,电影的粗剪版被北京电影学院评为99分,新创北京电影学院导演系硕士生毕业作品历史最高分记录。《致青春》4月26日正式上映,仅用了6天票房便过了3亿。

这是一部回忆大学校园生活带些轻喜剧的青春故事片,反映的应该是90年代末的中国大学校园生活。大学的新鲜时光、我们曾经的梦想、青春年华的活力、情窦初开的痴情、晚风吹拂的校园、流年似水的惆怅都能在电影中重新体验和回味。影片对大学校园生活的描绘拿捏得比较准确,对主要人物的刻画也比较细致到位。虽然只是大学校园的一个剪影,人物和场景都只抽取了比较极端的例子,并不具有那个年代的代表性和典型性,但作为文学艺术只顾"两头"就可以了。自喻为"玉面小飞龙"的大学新鲜人、洋溢着青春活力、性情豁达、外向的郑微,和板正、自闭、敏感、自尊的陈孝正就是这种"两头"的代表。郑微为什么疯狂地爱上陈孝正?也许就是各自在两个极端彼此间更有吸引力吧,就如磁铁的N和S两极相吸一样。

老张是一个很有看点的人物。他很活跃、外向,但就是这样一个看似豁达、随和的人,却悄悄地用他的方式暗恋阮莞,而且爱得那么顽固,满天星从新鲜人阮莞送起一直送到阮莞坟前,不能不让人感动。他大学毕业后变成传记作者每天守在墓碑前的落魄也让人唏嘘。

郑微追求和爱陈孝正的方式让人想起韩片《我的野蛮女友》。女孩活泼些当然很可爱,但野蛮就可鄙了。我总以为一些文艺片在这个问题上多少在误导人。女孩还是以活泼、优雅、明事理才能得到男性长久的爱。须知，彼此尊重才能爱得久远。野蛮和不明事理的女人是不会得到真爱的。

大美人阮莞的交通意外让人惋惜。她爱的不值吗？我不认为。阮莞的死毕竟是个交通意外。阮莞对爱情是纯真美好的，投入的，爱得很有品位，虽然她爱的对象赵世勇有些猥琐，没有一点男人的担当，正如那个因赵世勇而怀孕堕胎的女生在进入手术室时对阮莞喊的"赵世勇配不上你"，但中学时代少女阮莞又怎能看得那样清楚呢？她后来清楚了这点，最后想以一种美好的方式结束这段初恋，有什么错？错的是交通事故。

许开阳最终为何娶校长女儿曾毓了呢？他们一个是富二代，一个是官二代，两个人的结合，是同一个阶层的联姻。除丑小鸭变天鹅、青蛙变王子极少例子外，一个阶层之间的联姻才是自然现象。

影片里的一些喜剧场景充满了幽默。如片头迎接新生时，老张等唆使胖男孩去接胖女孩，瘦小的女孩让一个矮小男生去接，而见到美女则如饿狼扑食般自己抢着上，以至老张搭上了郑微就被其他同学戏称"老张你也太狼了"，老张最后如保护胜利果实一样把郑微送往女生宿舍，不禁让人暗暗发笑。毕业后开同学会老张穿一身新的行头很有现实讽刺意味；韩红扮演的电台知心大姐也很搞笑；男女主人公郑微和陈孝正亲热的恶趣味算是"黄色"幽默，没落入粗俗。

通俗不等于庸俗，搞笑也有优雅和低俗之分。一部好的文艺片子，无论是喜剧片还是故事片，在让人看故事、轻松发笑的同时，总要传达一点积极意义和让人思考的东西，给人一点精神上的提升,不能在笑声中一无所获,或让人变得更粗俗了。文化艺术的终极使命毕竟是点燃人们对美好的向往、进步国民的文化素质和欣赏水平、思考人生的意义、对改变人生起积极作用。因此,文化艺术是有先进和落后、高雅和低俗、上和下、正和歪之分的。我总觉得有些人声称文艺只要迎合民众,民众喜闻乐见的就是好的,纯粹是误导和错误。文化艺术有引领、教化、诠释的使命。否则,我们永远不会提升。

影片的基调前半部分显得浪漫、张狂、飞扬,后半部则有些残酷、伤感、惆怅,有许多值得让人思考的东西:爱情、事业、人生价值、易逝的青春年华。整个片子不沉闷,很有故事性,挺吸引人的眼球。结尾对人物结局的一一交代,可能略显沉余,但为和片名呼应,是必须介绍他们毕业后处境的。从这个意义上说,《致青春》是一部相当不错的片子,超越了近些年张导、冯导、徐导等的片子。赵薇初试牛刀,当拭目以待将来出产更优秀的片子。

春风似旧花仍笑,人生岂得长年少。晚风吹过,我们早已不再年轻。我们曾经的青春远梦,终于越飘越远了吗?

《致青春》也许就是要传达这样一个信息:流年似水,一切终将逝去,须把握住有限的人生。

(2017 年 11 月 12 日)

萧穗子的巧克力和何小曼的鼻屎

　　这些年电影出品很多,但如《芳华》那样有味,且回味无穷,则极少。可以说电影《芳华》是近些年文艺片所达到的高潮了。

　　如果说电影《芳华》的画面感和音乐的穿透感造成强烈的感染力,能让观众久久沉浸于青春、情怀、挫折的共鸣中,读严歌苓《芳华》原著,则能细细体会其中传递的世态炎凉、亲情厚薄。

　　文工团女兵宿舍是一个浓缩的小社会,其中一些细节,值得玩味。例如,女兵们暗中攀比谁家里给女兵"捎东西"频繁,捎来的东西是否好,是否多,因为捎来的东西越好越多,体现了那家家境优越,父母在社会上有地位。

　　萧穗子和何小曼(注:电影中改名为何小萍),和充满优越感的其他女兵比,她俩的共同之处是家庭背景低贱。萧穗子父亲被打成反动派蹲监狱,何小曼父亲则死在牢里,所以都是灰溜溜受人排挤的。大概出于同病相怜吧,萧穗子是女兵中唯一和何小曼有些交集的。看原著中萧穗子的一段自白:

　　"何小曼被文工团处理后,我是她唯一保持稀淡联系的人。大概她觉得我们俩曾经彼此彼此,一样低贱,有着同样不堪的过去,形容这段过去,你用什么都可以,除了用自尊自豪等字眼。"

　　因此,家里"捎东西",特别是捎来"好东西",这样的好事从来和萧穗子和何小曼无缘。

但事物总会有变化或意外。萧穗子父亲"解放"出狱了,托刘锋捎来了东西;何小曼也收到母亲捎来的一个大网兜。本来剧情发展到此皆大欢喜,不用多费周章讲述了,问题是两家包裹里的东西,天差地别,到可以作为辛酸的故事来讲讲:萧穗子虽然在集体里一直靠边站,但她有父亲的爱,有出头之日;而何小曼真如电影中何小萍那样,没人爱没人疼,只能一直被边缘化。

家里"捎东西"对女兵们意味着什么呢?小说开头,刘锋到北京开全军学雷锋标兵会议回来,给家在北京的女兵捎来家里带的东西。女兵拥上去向刘锋致敬,取捎带来的包裹,萧穗子却默默地走开了,因为她一向以为这些都与她无关。《芳华》原著:

"家在北京的女兵,父母混得还行的,都在刘峰的行李里添了份重量。于是他在握手时对北京女兵说,你家给你捎东西了。他看见了欢迎人群外的我(注:萧穗子),走过来说,萧穗子,你爸也给你捎东西了。

所谓东西,无非一些零食和小物件,一管高级牙膏,一双尼龙袜,两条丝光毛巾,都算好东西。如果捎来的是一瓶相当于二十一世纪的娇兰晚霜的柠檬护肤蜜,或者地位相当于眼下"香奈儿"的细羊毛衫,那就会在女兵中间引起艳羡热议。所有人都盼着父母给"捎东西",所有女兵暗中攀比谁家捎的东西最好、最多。捎来的东西高档、丰足,捎得频率高,自然体现了那家家境的优越程度,父母在社会上的得意程度。

像我和何小曼,父母失意家境灰溜溜,只有旁观别人狂欢地消费捎来的东西。我们眼巴巴地看着她们把整勺麦乳精胡塞进嘴里，嘎吱嘎吱地嚼，蜜饯果脯拌在稀粥里，替代早餐的酸臭泡菜。至于巧克力怎么被她们享用，我们从来看不见的，我们只配瞥一眼门后垃圾筐里渐渐缤纷起来的彩色锡箔糖纸。我们还配什么呢？某天练功结束从走廊上疲沓走过，一扇门开了，伸出一个脑袋，诡秘地朝你一摆下巴。这就是隆重邀请。当你进门之后，会发现一个秘密盛宴正在开席，桌上堆着好几堆父母捎来的美食。

出现这种情况原因有三，一是东道主确实慷慨；二是捎来的东西是新鲜货，比如上海老大房的鲜肉月饼或北京天福号的松仁小肚，不及时吃完就糟践了；三是家境既优越又被父母死宠的女兵有时需要多一些人见证她的优越家境和父母宠爱，我和何小曼就是被邀请了去见证的。"

让萧穗子意外的是，她父亲平反重新工作了，这次竟然也让刘锋捎来了东西。

萧穗子父亲给她捎来的东西，是5个北京女兵中最重的，用当时极少数特权人士才能进出的北京友谊商店的礼品袋华美地包装着，打开袋子，里面五颜六色漂亮的玻璃纸包着的巧克力就有足足两公斤。用萧穗子的话说，父亲把爱女儿的急切和渴望，为了他不得意的女儿，希望用这种方式为她挣回一点面子，好让大家可想而知她父亲复出后的身份改变。

果然，到那天晚上，北京友谊商店在全体女兵中很快就著名了。当萧穗子分给女兵们吃的时候，有种穷人翻身做主人，贫民成了土豪，开仓放粮的感觉：

"我至今还记得那天晚上我翻身的喜悦，当主人的自豪。刘锋千里迢迢带来了我的大翻身，刹那贫民成了土豪，让所有人开我的仓分我的粮，我头脑里响着狂欢的唢呐，动作里全是秧歌。我拆开塑料包,光是巧克力就有两公斤!十二平方米宿舍里,顿时各种霓虹彩幻的糖纸铺地,我的虚荣和梦想,父亲懂得,全部成全我,通过刘锋——我们的雷又锋,让我做一回暴发户败家子,大把大把的来自友谊商店的人民币买不到的高级货舶来品让我分给平时施舍我的小朋友们。"

萧穗子父亲捎来的一袋高级货,标志着萧穗子一个老时代的结束,一个新时代的开始,从此她可以扬眉吐气,挺直腰身和女兵们平起平坐了。所以,那不仅仅是两公斤巧克力,那是父亲的爱、理解、懂得,是成全女儿的一颗沉沉的心。

再看何小曼收到的母亲从上海捎来的东西吧。

何小曼的母亲是亲妈。何小曼的亲生父亲入狱后,他母亲改嫁了一个老干部,又生了两个同母异父的弟妹。两个比她小多了的弟妹都在家里欺负何小曼,小曼在家的地位可想而知了。正是何小曼从小在家遭受的不公平待遇,造成了她后来比较另类的性格。

何小曼离开上海的家,到成都参军入伍成为文工团女兵后,从来没有收到过家里寄来或捎来的东西。她怕别人相互请客吃零食不请她,却又更怕请她,因为她没法回请。一次乐队指挥去上海抄总谱,何小曼花了半年的薪金节余,买了条西藏出品的毛毯,托指挥带给她母亲。她相信母亲收到毛毯会跟她礼尚往来的,会托指挥带些回赠给她,这条运输线就算开始通行,以后也会一直运行下去了。谁知乐队指挥从上海回来,何小曼得到的仅一封信而已。

到了1977年那个春天,何小曼母亲还真让人捎来了一个包裹,她母亲来信说是带了些上海的零食。何小曼从来人手里接过一个大网兜时,感动得眼泪都几乎流下来了。她在跑回宿舍的沿途邀请每一个人"来吃吧,我妈给我带好吃的来了"。

女兵们出于好奇，朝她正在拆散的纸包里张望，最后看见的是一堆小袋包装的盐津枣，用切碎的橘子皮腌制晒干，不雅别号"鼻屎"。

严歌苓原著中原话："鼻屎两分钱一袋，那一堆是一百袋不止的，一粒一粒地吃，母爱可以品味到母亲辞世。"

那个大网兜还装着一个塑料桶，一封信和一叠全国粮票。她母亲听说四川黑市活跃，让何小曼用粮票去换一桶菜油捎回上海。小曼看着堆成一座小山的盐津枣，才明白如此廉价的零食也是不能白吃的，这是母亲给她做黑市交易的报酬。

《芳华》原著："那一次我们所有人收起了刻薄，在小曼可怜巴巴邀请我们分享盐津枣时，都上去拿了一袋……那以后，我们记忆里的何小曼更沉默了。"

难怪何小萍自谓自己的童年"周围全是家人，却没有一个是亲人"。

读《芳华》原著这一段，心真的很酸很疼。何小曼的不幸从她童年起就已经注定了。没有得到家庭、父母祝福的孩子，注定活得很惨重。

一首歌里唱的，没妈的孩子像棵草，有妈的孩子像个宝。我看未必，何小曼改嫁的母亲，就不是她亲妈了。

（笔者注：小时候家乡江苏宜兴商店里也有这种小袋的盐津枣卖，一粒一粒的，绿豆大小，我们叫"老鼠屎"，记得女孩子爱吃）

（2018年12月25日）

立德立言，无问西东

《无问西东》于2018年1月12日正式上映，今天去华来坞保利国际影城观看了下午的一场，也是为感受一下人气如何。能容纳上百人的影厅里只有寥寥十个观众。至少在无锡还不火。

和《芳华》受到不同层次、不同年龄观众广泛关注和欢迎不一样，《无问西东》是一部地道的文艺片，是挑观众的，觉得注定是一部小众喜欢的电影。知识阶层和文艺青年会喜欢。

《无问西东》，说的是清华学子，也是全中国知识分子的家国天下，所谓家事、国事、天下事，事事关己！记得高晓松曾在脱口秀《奇葩说》节目里说过一段话：清华博士生梁植问毕业后应该找份怎样的工作，他听了勃然大怒，说，何为名校？名校是镇国重器，作为一个大名校学生，一没有胸怀天下纵横四海，二没有报效国家改变世界的欲望，都读到博士了却还整天想着那点小破事儿，对得起清华的培养吗？

"矮大紧"的这几句话，可以作为电影《无问西东》的破题，无论哪个时代，清华学子都闪耀着爱国情怀，报国情操。

影片据说本来是为清华大学校庆100周年（1911—2011年）而拍摄的，反映四代清华人在四个时空里的故事。这四个时空分别是五四时期，三十年代末抗战时期清华学生南迁至昆明成立西南联大，六十年代初至"文革"时期和现代。

在两个小时里穿插、变换四个时空里的人物和故事，如果不是电影史上绝无仅有，也实属罕见。让人感觉就是有点跳跃太大，有那么点突兀。

影片按四条主线讲述故事，都是有一定真实背景的：坦戈尔访问清华校园；民国西南联大时期清华学生和教师的勇敢、坚持、不屈，和为国牺牲的精神；六十年代学生胸怀天下，为理想献身，和那个特定年代发生的怪诞不经事件；以及现代人在唯利是图、勾心斗角，和内心深处从善如流的矛盾中挣扎。

片中让人最震撼的画面是中日空军生死激战，沈光耀驾机冲向敌舰，壮烈牺牲，为国捐躯！和"文革"时王敏佳被打得血流满面，有一种美好破灭的伤心、惨痛。

编剧和导演想要传达的深层内涵，引用影片中沈光耀的话就清楚了："这个时代，缺的不是完美的人，缺的是从心底给出真心、正义、无畏和同情。"

清华大学校歌里有："立德立言，无问西东。"无论在大时代，还是在小时代，无论是知识分子，还是并未读书并不关心家国天下的生灵，时代的波涛总有可能波及大家，所有人都是生存的流亡者。因此，电影里边通过王敏佳的台词说出了整片的点睛所在："只有爱可以托底。"

作为《芳华》之后的又一部力作，章子怡、黄晓明的演技，值得称赞。清华校园熟悉的草坪，南门外铺满黄金叶子的银杏大道，赞一个。为抗日捐躯的西南联大学生空军英雄的报国情怀，更应深深地致敬。

（2018年1月14日）

狮子王回来了

狮子王回来了。

时隔二十五年，动画《狮子王》依旧是全球影迷心中的无冕之王，一代人的精神动力。

它诞生于1994年，那一年，我刚到美国不久。那时有横扫奥斯卡的《阿甘正传》，有《肖申克的救赎》，还有《低俗小说》《这个杀手不太冷》……就连国内，也处在有《活着》《饮食男女》《重庆森林》的国产电影黄金年代。

年少不懂《狮子王》，读懂已是中年人。二十五年前看懂的是剧情，二十五年后读懂的却是人生……

曾经，我们懵懵懂懂地看完《狮子王》，知道有个勇敢坚强的小狮子叫辛巴。

现在，跨过千山万水，也穿过沧海桑田，历尽艰难险阻，也遭遇悲欢离合，我们才发现懂了辛巴，才发现原来辛巴身上也有我们自己的影子。

你弱时，坏人最多。辛巴小的时候，没有力量，天真莽撞。亲叔叔欺骗他，嫁祸于他；鬣狗虎视眈眈地想吃掉他。

辛巴遭受的挫折、磨难，几只狮子能懂？正如某作者所说，世界上其实根本就没有感同身受这回事，针不刺到你身上，你就不知道有多痛。

可等辛巴终于成王归来后，鬣狗害怕他，叔叔求他放过自己。

　　当你弱时，欺负你的人最多，因为你没有还手的能力。当你强大时，世界都会对你和颜悦色。

　　虽然很残酷，可这就是现实世界的生存法则。

　　辛巴长大以后，担起责任，跋山涉水重新回到了荣耀之地，夺回王位，重新守卫大草原生生不息。

　　辛巴站在荣耀石上的那一声怒吼，激发了多少精神力量！激发了多少青年努力前进！

　　仅这一个镜头，就足以鼓励一代人啊！

（2019 年 7 月 23 日）

随 笔

绿珠——史海钩沉

> 繁华事散逐香尘,
> 流水无情草自春。
> 日暮东风怨啼鸟,
> 落花犹似坠楼人。

唐代杜牧这首极其凄美的《金谷园》中提到的"坠楼人",说的就是"绿珠"。想了解谁是绿珠,且听我娓娓道来。

绿珠(?—300年),晋朝时著名美女,今广西博白县双凤镇绿罗村人,生双角山下,西晋石崇的宠妾。

林黛玉曾为五位美女各写了一首小诗,称为《五美吟》。《红楼梦》第六十四回,黛玉自谓:"曾见古史中有才色的女子,终身遭际令人可欣、可羡、可悲、可叹者甚多,……胡乱凑几首诗,以寄感慨。"这五位才色女子分别是西施、虞姬、绿珠、明妃(笔者注:即王昭君)、红拂。后被宝玉翻见,将其题为《五美吟》

《五美吟》中之绿珠:

> 瓦砾明珠一例抛,
> 何曾石尉重娇娆?
> 都缘顽福前生造,
> 更有同归慰寂寥。

关于绿珠跳楼自尽、石崇被杀，《晋书》记载了一个极凄美的爱情故事。

石崇有一个宠姬，名叫绿珠，长得非常漂亮，又会吹笛子，石崇很喜欢她。赵王司马伦的爪牙孙秀贪图绿珠的美貌，在石崇因贾谧事牵连被免官后，派人去向他讨要绿珠，却不料石崇勃然大怒，声称"绿珠是我心爱之人，不可能将她交给孙秀"。来使反复劝说，石崇仍然不肯让步，因此激怒了孙秀，劝说司马伦诛杀石崇。因为有人泄密，石崇知道了这件事，便与黄门郎潘岳一道求助于淮南王司马允与齐王司马冏，希望借此二人之力除去司马伦与孙秀。但不幸事发，孙秀矫诏命人将石崇、潘岳等人逮捕起来。官兵进来的时候，石崇正在金谷园里的一座高楼上喝酒，绿珠在一旁陪着他。于是石崇对绿珠说："今天我是因为你而获罪啊。"绿珠听了，不由得哭着说："既然如此，那我应该为了你而去死。"说完便跳楼自尽了。

绿珠生平详介

绿珠，传说原姓梁，生在白州境内的双角山下（今广西博白县双凤镇），绝艳的姿容世所罕见，传说她"美而艳，善吹笛"。

晋代时期，绿萝村农民梁大哥娶妻庞氏，夫妇年近半百，膝下无儿无女。一夜，梁妻梦遇仙人赠言，食莲花井中之莲花可生育，半夜梦醒即采吞食。不久梁妻腹中一阵雷鸣，怀胎十月，降生一美丽女孩，非但美丽，且聪明绝顶，三岁会唱歌，四岁能跳舞，五岁与人赛棋，六岁刺绣绘画，七岁背诵诗书……到了二八之年，下田耕种，上山采茶，坐机织布，伏案作诗，演奏丝竹，无师自通，精灵超人，成为远近闻名多才多艺之美女。

西晋太康年间，荆州刺史石崇为交趾采访使时，途经博白，获知县奉介，惊慕绿珠美貌，逐起强娶之心。绿珠之父无奈，欲想以十斛明珠做礼聘为难石崇，岂料这位江湖大盗出身的巨豪一笑应许。因为石崇以珍珠买下她，所以名珠。石崇即在今浪平柯木埇花园山筑宫造园，形似洛阳金谷园。迎娶绿珠之夜，点燃了五万多支蜡烛，把柯木埇照得通明。几度春秋，如水流逝，石崇归心似箭，便携绿珠返回洛阳。绿珠挥泪泣别众乡亲时，道："我去了，生和乡亲们心心相印，死也要化鹤飞回故乡，生生死死南流人！"

绿珠到洛阳金谷园后，思乡之情，跃然脸上，三载三月双眉颦蹙。石崇问明缘由，即在金谷园内筑起百丈高楼，可极目南天，乃"望乡楼"，以慰绿珠思乡之愁。石崇自得绿珠之后，真乃"后宫佳丽三千人，三千宠爱在一身"之概。

石崇宠幸

绿珠善吹笛，又善舞《明君》，明君就是指汉元帝时的王昭君。石崇让绿珠吹奏此曲，她又自制新歌："我本良家女，将适单于庭。辞别未及终，前驱已抗旌。仆御涕流离，猿马悲且鸣。哀郁伤五内，涕泣沾珠缨。行行日已远，遂造匈奴城。延我于穹庐，加我阏氏名。殊类非所安，虽贵非所荣。父子见凌辱，对之惭且惊。杀身良不易，默默以苟生。苟生亦何聊，积思常愤盈。愿假飞鸿翼，乘之以遐征。飞鸿不我顾，伫立以屏营。昔为匣中玉，今为粪土尘。朝华不足欢，甘与秋草屏。传语后世人，远嫁难为情。"

词意凄凉婉转，其才情亦可见一斑。绿珠妩媚动人，又善解人意，恍若天仙下凡，尤以曲意承欢，因而石崇在众多姬妾之中，唯独对绿珠别有宠爱。

石崇有别馆在河南金谷涧，凡远行的人都在此饯饮送别，因此号为"金谷园"。园随地势高低筑台凿池。园内清溪萦回，水声潺潺。石崇因山形水势，筑园建馆，挖湖开塘，周围几十里内，楼榭亭阁，高下错落，金谷水萦绕穿流其间，鸟鸣幽村，鱼跃荷塘。郦道元《水经注》谓其"清泉茂树，众果竹柏，药草蔽翳"。园内筑百丈高的崇绮楼，可"极目南天"，以慰绿珠的思乡之愁，里面装饰以珍珠、玛瑙、琥珀、犀角、象牙，可谓穷奢极丽。石崇和当时的名士左思、潘岳等二十四人曾结成诗社，号称"金谷二十四友"。每次宴客，必命绿珠出来歌舞侑酒，见者都忘失魂魄，因此绿珠之美名闻于天下。

杀身之祸

石崇在朝廷里投靠的是贾谧，他为逢迎贾谧无所不用其极，甚至贾谧出门，他站在路边，望车尘而拜，深为时人不齿。待后来贾谧被诛，石崇因为与贾谧同党被免官。当时赵王司马伦专权，石崇的外甥欧阳建与司马伦有仇。依附于赵王伦的孙秀暗慕绿珠，过去因石崇有权有势，他只能意淫一下而已。现在石崇一被免职，他便明目张胆地派人向石崇索取绿珠。那时石崇正在金谷园登凉台、临清水，与群妾饮宴，吹弹歌舞，极尽人间之乐，忽见孙秀差人来要索取美人，石崇将其婢妾数十人叫出让使者挑选，这些婢妾都散发着兰麝的香气，穿着绚丽的锦绣，石崇说："随便选。"使者说："这些婢妾个个都艳绝无双，但小人受命索取绿珠，不知道哪一个是？"

石崇勃然大怒："绿珠是我所爱，那是做不到的。"使者说："君侯博古通今，还请三思。"其实是暗示石崇今非昔比，应审时度势。石崇坚持不给。使者回报后孙秀大怒，劝赵王伦诛石崇。

结局

赵王伦于是派兵杀石崇。石崇对绿珠叹息说："我现在因为你而获罪。"绿珠流泪说："愿效死于君前。"绿珠突然坠楼而死，石崇去拉却来不及拉住。石崇被乱兵杀于东市。临死前他说："这些人，还不是为了贪我的钱财！"押他的人说："你既知道人为财死，为什么不早些把家财散了，做点好事？"

（2017年11月19日）

蛙鸣定律

蛙鸣定律为本文作者原创发明。

每只青蛙发出的声音很有限，可以说微不足道，但，只要许多青蛙一起不停地、使劲地叫，声音就能响彻云霄。

蛙鸣定律用来解释一种社会现象：当一件不合理的事情引起许多人不满，怨声载道时，虽然每个人的抱怨几乎毫无意义，似乎无法影响上层，但只要很多人不停地抱怨，声音就传到上层去了，最终做出某种改变。

蛙鸣定律是夏天走过湖边池塘时发现的。某天走过一个池塘时，咕咕的蛙鸣声震耳欲聋，很有感于蛙声居然如此之响。当渐渐离开池塘后，路边只有几只蛙发出轻轻的叫声，顿悟原来每只蛙的声音是很有限的，但成千上万只青蛙一起叫就能发出巨大的响声。

蛙鸣定律举例：刚回国创建公司时，时常抱怨注册公司流程是如此复杂，公司还要每年进行工商年检。

今年中央忽然宣布取消工商年检，注册公司等都成了一条龙服务，简化多了。原来由于许多人都和我一样在不停地抱怨，声音传到上层，上层做出了调整。蛙鸣定律起作用了。

（2018年6月1日）

猴子定律

猴子定律为本文作者原创发明。

一个单位，单位可以是机构、公司或国家，是否已成为高度发达的组织管理体系，其检验方法是：将一只猴子牵进总裁或总统的办公室，让猴子代替总裁或总统的职务一个月。如果公司或国家一切运行如常，则已为高度发达、成熟（Developed）体系。 反之，如果公司或国家马上乱了套，则还是发展中、不成熟（Developing）体系。

猴子定律反过来也成立：发达成熟的公司或国家，无论谁，哪怕是一只猴子，当总裁或总统都可以，不影响日常运行。不发达和不成熟的公司或国家，则必须有强有力的领导，否则立马散架。

论据 1：我在美国某个有四十年历史的公司工作时，CEO 是甩手老板，一周才来一趟公司，公司管理交给一个副总。某段时间，副总辞职了，公司三个月没有招到合适的副总人选，CEO 则还和原来一样不管不问，但公司一切运行如科研、生产、销售如常，有条有理，不受影响。

我挺纳闷，和公司老员工 Mike 讨论这事。Mike 说，我们公司已经运行了四十年，一切都已经非常成熟，哪怕放一只猴子在 Scott（辞职的副总名字）的办公室里，公司都一样运行得好好的。但公司创业阶段可不是这样，John（CEO 名字）

经常睡在公司里不回家，和大家拼命干，经历了非常艰难的发展过程。

我茅塞顿开，第一次对可以用猴子检验管理体系的成熟度有了认识。

论据2：刘强东1998年成立京东，到2004年奋斗整整6年，有几年天天睡在公司，设定闹钟每两个小时闹醒，起来接客户的网上询问、回答问题，经常还亲自给客户送货，公司离了他一天都不转，别说长期休假了，现金流只够维持三个月，如果再拿不到外部融资，京东就准备倒闭、遣散员工了，所以刘强东急得前额有一簇头发在一夜间白了。

刚巧这时刘强东遇见了徐新，第一次从她那里融资到数千万美元。之后到2014年，京东经过多轮融资，融资总额达数十亿美元，公司建立起了严密的组织管理体系，运行已经非常成熟，此时刘强东居然全身离开公司，到美国哥伦比亚大学进修一年，在校园里和奶茶妹花前月下谈恋爱，而公司照样运行如常。这在初创京东时是不可想象的事。

至于在刘强东离开京东的一年中他的办公室里有没有放一只猴子代替他的职位，我就不知道了。

（2018年5月7日）

无题——随感二则

《一》

八十年代年轻人都爱看书读诗。一个男青年能写得一手好诗,是他的核心竞争力,大约相当于现在拥有百万存款、豪车和房子。

那是有诗和远方、理想主义和情怀的年代。

当时读诗写诗的盛况,柴静在给野夫《身边的江湖》写的序中这么说:

"二十世纪八十年代的江湖,流氓们还读书。看着某人不顺眼,上去一脚踹翻。

地下这位爬起来说:'兄台身手这么好,一定写得一手好诗吧。'"

《二》

田朴珺出了本书谈贵族,本意是倡导精神、修养和气质,却被骂得狗血喷头。看评论,多是因为不喜欢田小三上位。这不能苟同,正确的做法应该对事不对人!

贵族是什么?其实质讲的是一种精神、修养、气质、仪式感。

听某位名人说,"贵族"就是慢,耗得住,走路稳稳当当,说话稳稳当当,什么事不急,不贪不占!

这样的"贵族",不正是一个浮躁、戾气、急功近利的社会风气下要大力提倡的吗?

现在骂田的人,或许十年、二十年后回看,要感谢她。

(2019年10月7日)

光子光缆问题

人类社会划时代的跨越往往可以用一个标志性事件代表。比如，从原始农业社会进入工业社会，主要标志是人类从只能利用地表物资到利用地下物资。地表物资很有限，种的粮食、树木、地表有限的矿石等，多数是当年或有限年数的产出。而地下物资几乎无穷无尽如煤炭、石油、天然气、矿藏等，是几十亿年的积累。

从工业社会进入现代信息社会，我觉得其标志性事件应该是人类掌控了电子，能随心所欲地控制电子的产生、电子流向、电子储存，所有现代化信息技术都是建立在对电子的操纵上的。电子如此之小，而人类能将其玩弄于股掌之间，确实是了不起的飞跃。

相对而言，对光子的掌控仍然远远不如对电子的掌控，对光子的利用都是建立在对电子掌控的基础上的。比如长途高速信息通信，光缆代替了传统的电缆，但光缆两端还是得依靠光电转换器件，将电子转变成光子，再将光子转变成电子，才能进行数据信息处理。

为什么用光缆代替电缆能实现更高速和更远距离的数据通信呢？能准确回答这个问题的人世界上可能寥寥无几。我在太空宇航中心工作时，曾经有学生来参观，问，为什么用光缆通信传输数据速度更快？我一个博士同事抢着回答，因为光速快。呵呵，只能笑笑，解释了估计也很难懂，就这样回答蛮好。

（2019年12月24日）

高铁偶寄——杂谈

1977年我初一，香港戏曲影片《三笑》席卷大陆。

大概是看多了《地道战》《地雷战》《沙家浜》，突然接触传统戏曲电影，被其魅力击中，惊悟原来世界上还有那样一种别样的"美"，家乡江南小镇为之沸腾了！大伙纷纷出动，许多人家是全家拖家带口，去镇上两个影剧院看《三笑》，影院场场爆满，有几天是24小时连轴转，电影胶片因为在两家影院跑片没有任何休息，被摧残到经常断片，放映中间只能停下来接片。一时间观看《三笑》俨然成了一种时尚，据说镇上一些男青年前后看了十八笑的都有（笔者注：当时互相调侃谁看的次数多，看一遍是三笑，看两遍就是六笑，以此类推）。

我印象最深的就是开场时有个场景，秋香独坐窗前，独唱，唱腔内容是说她自己卖身为奴的伤痛身世，觉得这段特别好听，让人产生怜爱，有种楚楚动人的美感，是一种凄美。

我虽然也看了有六笑或九笑，但大约只听懂秋香唱的一半歌词，没有全听明白她唱了些什么。这说明我的语音辨别力不是非常好，当年出国考托福，英语听力就拖了我很大的后腿。

因此，秋香那一段的全部唱词内容成了一个谜，当然这也没有重要到让我专门花时间去探究清楚。

今天坐在列车上无所事事，忽然又想起这个事。想着或许上网能找到。于是到QQ音乐一搜，原来这叫《秋香自叹》，不仅唱腔，连歌词都清清楚楚地呈现在眼前。得来竟全未费一点功夫！

文化是什么？仔细想想，文化其实无非就是一个民族中好吃的、好喝的、好看的、好听的、好玩的东西的总结和精华沉淀而已。

《秋香自叹》，又好看，又好听，难怪唐伯虎和秋香的故事，和西湖龙井（好喝），北京烤鸭（好吃），和田玉（好玩），西施（好看），《梨花颂》（好听）一样，成为中国人文化的一分子，秋香变成一种文化符号，成了旧时候国人茶余饭后津津有味、美滋滋的谈资。

附：《秋香自叹》歌词
我秋香虽不是王侯种
却也是金枝玉叶容
如今真堪痛
恨只恨
宁王心太狠
没籍为奴相府中
太师和主母呀
宽和又谦恭呀
却不道呀二位公子
每日里摸脸牵衣
不呀么不尊重

（2019年10月20日于西安返无锡列车上）

两条鱼的故事

一、白鱼的故事

乱世枭雄张作霖曾有一个重要智囊,就是帮他发迹得志的袁金铠。袁金铠才华横溢,却因一条白鱼失势。

袁金铠为张作霖倚重,始于辛亥革命前。因为屡献高谋,张作霖一度视袁金铠为共取天下的不二之人,用张作霖的话说——我有今天,全靠兄之大计,今后所有军政大事,无兄不行,我愿与兄共取天下,同富贵!袁金铠在张作霖心中分量有多重,由此可见一斑。

然而在张作霖的高看重用下,袁金铠开始飘了,这一飘,原本的智谋持重就被严重稀释了。

起初,张作霖并不知道袁金铠得意忘形到了何种程度,直到有一天,张作霖想吃鱼。说来也巧,那天大帅府的厨房刚好备有松花江产的上好白鱼。张作霖一吃,味道不错,问,这鱼哪买的?

侍从的回话让张作霖很是震惊,这种鱼只有袁秘书长公馆才有,市场上根本买不到这么好的。对了!大帅上回吃的燕菜汤,那也是从袁公馆买的。

听到这,张作霖冷着脸又问,袁秘书长家这是开店了呀,怎么什么好东西都有!

侍从回答,这都是给袁秘书长送的礼,实在吃不完这才对外卖的。

好嘛！礼品鱼卖到大帅府来了！一条白鱼吃完，事情开始发酵了。

当时张作霖身边有两派人，一派是一起打天下耍枪杆子的大老粗，当时也叫黑山派；另一派就是以袁金铠为首耍嘴皮子的文人，很显然，大帅府的侍从是黑山派大老粗的人，否则也不会那么讲话。

既然让一条鱼打开了缺口，素来看袁金铠不顺眼的大老粗们当然不可能再客气。接下来，关于袁金铠的种种劣迹开始一件件地传入张作霖耳朵，其中最狠的是一首民谣——"要当官袁洁珊，成不成哲继明，妥不妥高钧阁，若找门路吴大胡"，这袁洁珊就是袁金铠，洁珊是他的字，至于民谣里其他那几位，无一不是袁金铠的亲戚。

换你是张大帅，听到凡此种种尤其是这民谣，会做何感想？袁金铠从此开始了他的厄运，彻底失了势力，淡出了大帅府，最后干脆沦为大汉奸。

二、仔鱼的故事

宋高宗的生母韦太后，会稽（今浙江绍兴）人，喜食仔鱼。仔鱼是浙江沿海一带对鲻鱼的称呼，长七八寸，阔二三寸许，肉细嫩，味鲜美，鱼卵可制作鱼子酱。宋代梅尧臣《和答韩子华饷子鱼》诗句："南方海物难具名，仔鱼珍美无与并。"

当时，丞相秦桧的老婆经常出入宫中，侍奉韦太后，无非为了献媚讨好。一日，韦太后提及近日进贡的仔鱼极少有大的。秦桧老婆一听，当即讨好说，臣妾家里有大的，回家后就挑百尾来进奉。

秦桧老婆回家一告诉秦桧，立即被臭骂一顿："你这婆娘坏大事了，弄不好，惹上侵占皇室贡品的死罪。"

为掩饰老婆的失言，秦桧与门客商量后，送进宫里百尾青鱼。韦太后见了，拊掌大笑："我说这婆子蠢笨，果不其然，她家怎么可能有比我帝皇家还大的进贡的鱼。"

"四大家鱼"之一的青鱼，亦称"黑鲩"，长得有点像仔鱼，尤以冬令最肥壮，长1米左右，生长迅速，但与仔鱼的味道相去甚远。

韦太后万万想不到，食鱼还食出瞒诈使奸的事来了。不过，秦桧诈傻扮憎，总算避过了杀身之祸。故明人徐树丕《识小录》记下此事后，不禁叹道："观此，贼桧之奸可见。"

今宜兴高氏评：袁金铠和秦桧比，显然老道、智谋、情商差了不止一大截。倘若袁金铠听过仔鱼的故事，或许就不会马失前蹄了。学习历史，牢记历史的重要性！

（2020年2月24日）

今天民国范了吗?

鲁迅笔下的阿Q，尽管落拓潦倒，却不忘时常吹嘘几句"我祖上也阔过"。那意思是说，过去曾是光辉灿烂的……

不知何时起，不知何人带的头，掀起一股"民国热，民国范"，民国一时成了美好、时尚、平和，甚至自由的代名词。许多人陶醉在过去的美好时光中……

但不知有几个是真正了解民国历史的？民国从1911年至1949年起止，总共三十八年，就没有消停过，其中除了战乱，还是战乱；不是今天城头变换大王旗，就是明天倭寇烧杀抢掠奸。我扳着手指头和脚趾头一起算，都算不出民国短短三十八年生命里，有几年百姓不是生灵涂炭，而是国泰民安的？！

就如那幅网上著名的"那年乱世如麻，愿你们来世拥有锦绣年华"画所示，如果真有一个在战火纷飞中的民国女孩地下有知，她会是多么希望不要出生在那个兵荒马乱的时代，而可以穿越投生到现代来。

借沉浸在过去来否定现代，将某些历史空洞化，某些历史漂白化，某些历史污秽化，某些历史美丽化，从而否定历史正面进步的意义；这是历史虚无主义，还是对历史的无知？是不懂珍惜已取得的进步，还是没有人类良知？在当今这个泥沙俱下、鱼龙混杂的时代，有多少真正明白历史的人？

其实好像都有些扯不上，或者说言重了。

此刻，倒是一群阿Q的形象在我眼前栩栩如生、真真切切起来：过去灿烂着呢……红肿之处，艳若桃花；溃烂之时，美如乳酪。

同去同去，一同去民国惬意罢……

莫须有的、虚幻的美好，就如一个翻滚着的、流光溢彩的肥皂泡泡，终究"啪"的一声就破灭了。

（2018年8月17日）

上天言好事

华人社会讲人情，喜欢送礼吃请；受了别人禄就要帮人办事，岂不就是行贿受贿的文化习俗基础？

这个文化是有渊源的。讲个小年起源的民间故事。

腊月二十三俗称小年，民间又称"送灶"或"辞灶"。灶是灶王爷，家家户户都有一个灶王爷，也算是个神明，是一家之主。

每年的腊月二十三，灶王爷要上天向玉皇大帝汇报一年的工作。于是百姓在辞灶这天准备许多好吃的，还有糖果，让灶王爷吃得高高兴兴、满满意意、嘴巴甜甜的，上天后在玉皇大帝面前尽说人类的好话，不说坏话。

于是皆大欢喜，既让灶王爷"上天言好事"了，还可以热热闹闹过个小年，吃些灶王爷吃剩的丰富食物

连灶王爷这样的神明都敢"贿赂"，还有什么不敢的。

（2018 年 8 月 18 日）

洛神赋极美，洛神甄洛却很凄惨（附：洛神赋）

传说，千古悲歌《洛神赋》是曹植（曹子建）经过洛水有感，怀念甄洛而作，是中国历史上第一篇用长赋的形式描写女性美妙动人。《洛神赋》文字极其优美："其形也，翩若惊鸿，婉若游龙。荣曜秋菊，华茂春松。髣髴兮若轻云之蔽月，飘飖兮若流风之回雪。远而望之，皎若太阳升朝霞；迫而察之，灼若芙蕖出绿波。"千古最美文章，可见曹植是多么爱慕甄洛。

公元220年，曹丕继位。曹丕令曹植朝见，准备伺机杀害。曹母知道后，紧急召见曹丕，让其放曹植一条生路。曹丕虽勉强同意，却心有不甘。当时，世人皆言曹植才高八斗，出口成章，曹丕便以"兄弟"为题，让其七步之内作诗一首，诗中不准出现兄弟字眼。曹植急中生智，吟出一首千古名诗：煮豆持作羹，漉菽以为汁。萁在釜下燃，豆在釜中泣。本是同根生，相煎何太急？曹丕听后，顿觉惭愧，乃封曹植为鄄城王，邑二千五百户。

曹丕素知当年曹植曾恋慕甄洛，以至茶饭不思，便把甄洛生前用过的玉镂金带枕套赐给曹植做纪念。

曹植回程经过洛水时，想起洛神传说，捧着佳人玉枕，不禁潸然泪下，飘飘然，仿佛甄洛凌空御风而来，与他相会。因而有感作《感甄赋》，后甄洛之子曹睿为避嫌，改为《洛神赋》。

"江南有二乔，河北甄宓俏"，甄洛美貌聪慧。据说甄洛一出生，身边便频频出现异相。每次她睡觉时，家人总会感觉有人给她盖上玉衣。从小安静、聪慧，识字后便手不释卷，经常与哥哥们习字作诗。

建安年间，袁熙娶甄氏为妻。建安四年，袁熙驻守幽州，甄洛留在冀州侍奉袁绍的妻子刘夫人。

公元204年，被曹操攻破冀州邺城。据说曹操虽打冀州，却也怀有夺取美人的动机，可是最后被儿子曹丕捷足先登。曹丕进城后，抢先进入袁府，甄洛满面灰尘，披头散发，曹丕令其恢复本来面目相见，惊为天人。遂求曹操将甄洛赐给他，曹操虽不愿，也不好和自己儿子抢女人，便将甄洛赐给他。

曹丕虽才情不如曹植，但其人风流倜傥，诗词歌赋俱佳，甄洛也是有名的才女，婚后二人情投意合、郎情妾意，好不幸福。

据说，曹丕家中有一条绿色小蛇，如果有人想靠近它、伤害它，它便消失。甄洛很喜欢这条小蛇，每天对着它梳头打扮，时间久了，一到甄洛梳头时，绿蛇以盘卷的姿态向她传授髻的各种梳法，因此甄洛的发髻每日更新，一时宫女们人人仿效。这就是魏晋时非常流行时髦的"灵蛇髻"。

甄洛的幸福时光随着曹丕当上世子，继承帝位后终结。时间流逝，美貌衰退，而曹丕的心也从儿女情长转到政治上。甄洛又遇上恶毒的郭妃。郭妃擅长阴谋诡计，恶毒无比，恶意诬陷甄洛，对曹丕说：甄洛怀的孩子可能是袁熙的。曹丕大怒，毒酒一壶赐死甄洛，并听从郭妃的花言巧语，将甄洛遗体"以发覆面，以糠塞口"。

历史总会重演。甄洛儿子曹睿登基后，询问郭妃：我娘死时，头发披面，用糠塞口，可是你的主意？郭妃大吃一惊，她所恐惧的事终于到来。后曹睿派人强灌郭妃喝下同样的毒酒，同样将她以发披面，以糠塞口。

洛水浩荡，长流不息，甄洛已矣，《洛神赋》永存。为这美丽、善良、可怜的洛神共饮一爵。

（注：部分文字材料来自网络，重新编辑）

附：洛神赋（并序）

黄初三年，余朝京师，还济洛川。古人有言：斯水之神，名曰宓妃。感宋玉对楚王说神女之事，遂作斯赋。其词曰：

余从京域，言归东藩，背伊阙，越轘辕，经通谷，陵景山。日既西倾，车殆马烦。尔乃税驾乎蘅皋，秣驷乎芝田，容与乎阳林，流眄乎洛川。于是精移神骇，忽焉思散。俯则未察，仰以殊观。睹一丽人，于岩之畔。乃援御者而告之曰："尔有觌于彼者乎？彼何人斯，若此之艳也！"御者对曰："臣闻河洛之神，名曰宓妃。然则君王之所见也，无乃是乎！其状若何？臣愿闻之。"

余告之曰：其形也，翩若惊鸿，婉若游龙。荣曜秋菊，华茂春松。髣髴兮若轻云之蔽月，飘飖兮若流风之回雪。远而望之，皎若太阳升朝霞；迫而察之，灼若芙蕖出绿波。秾纤得衷，修短合度。肩若削成，腰如约素。延颈秀项，皓质呈露。芳泽无加，铅华弗御。云髻峨峨，修眉联娟。丹唇外朗，皓齿内鲜。明眸善睐，靥辅承权。瑰姿艳逸，仪静体闲。柔情绰态，媚于语言。奇服旷世，骨像应图。披罗衣之璀粲兮，珥瑶碧之华琚。戴金翠之首饰，缀明珠以耀躯。践远游之文履，曳雾绡之轻裾。微幽兰之芳蔼兮，步踟蹰于山隅。

于是忽焉纵体，以遨以嬉。左倚采旄，右荫桂旗。攘皓腕于神浒兮，采湍濑之玄芝。余情悦其淑美兮，心振荡而不怡。无良媒以接欢兮，托微波而通辞。愿诚素之先达，解玉佩而要之。嗟佳人之信修,羌习礼而明诗。抗琼珶以和予兮,指潜渊而为期。执眷眷之款实兮,惧斯灵之我欺。感交甫之弃言兮,怅犹豫而狐疑。收和颜而静志兮,申礼防以自持。

于是洛灵感焉,徙倚彷徨。神光离合,乍阴乍阳。竦轻躯以鹤立,若将飞而未翔。践椒涂之郁烈,步蘅薄而流芳。超长吟以永慕兮,声哀厉而弥长。尔乃众灵杂沓,命俦啸侣。或戏清流,或翔神渚,或采明珠,或拾翠羽。从南湘之二妃,携汉滨之游女。叹匏瓜之无匹,咏牵牛之独处。扬轻袿之猗靡兮,翳修袖以延伫。体迅飞凫,飘忽若神。凌波微步,罗袜生尘。动无常则,若危若安;进止难期,若往若还。转眄流精,光润玉颜。含辞未吐,气若幽兰。华容婀娜,令我忘餐。

于是屏翳收风,川后静波。冯夷鸣鼓,女娲清歌。腾文鱼以警乘,鸣玉銮以偕逝。六龙俨其齐首,载云车之容裔。鲸鲵踊而夹毂,水禽翔而为卫。

于是越北沚,过南冈,纡素领,回清扬。动朱唇以徐言,陈交接之大纲。恨人神之道殊兮,怨盛年之莫当。抗罗袂以掩涕兮,泪流襟之浪浪。悼良会之永绝兮,哀一逝而异乡。无微情以效爱兮,献江南之明珰。虽潜处于太阴,长寄心于君王。忽不悟其所舍,怅神宵而蔽光。

于是背下陵高,足往神留。遗情想像,顾望怀愁。冀灵体之复形,御轻舟而上溯。浮长川而忘返,思绵绵而增慕。夜耿耿而不寐,沾繁霜而至曙。命仆夫而就驾,吾将归乎东路。揽騑辔以抗策,怅盘桓而不能去。

(2018年5月27日)

拯救芯片，要从少吃油盐开始

我觉得拯救中国芯片，要从号召、提倡中国人民少吃油盐开始。

芯片做得好的国家和地区，如美国、日本、韩国等，没有一个国家的饮食像中国菜那样泡在厚厚的油里。可能全世界都没有一个国家，除了中国，有如川菜那样把菜泡在油里吃的。

古代骂人话，别让猪油蒙了心。说明古人就知道吃太多油，脑袋就糊涂不明白了。从现代科学观点看，油吃多了，油脂进入血液，血液变黏，循环减慢，思维减缓，逻辑开始混乱，干事就会欠认真，不专心，怎么会做出像芯片这种需要很强逻辑性、高度认真、高度专一才能获得的产品呢？！

吃高油高盐饮食还易得高血脂、高血压、心血管病、脂肪肝、肥胖症等，坏处显而易见，不用一一举例。

新加坡政府让每个饭摊上挂标准牌"请放少油少盐"。新加坡卫生部已经推广宣传很多年了，现在大家都形成了习惯，少吃油盐。

日本的饮食几乎没有油，味噌汤一滴油都不放，寿司和刺身也没有一滴油。韩国人每天离不开的kimchi（韩国泡菜）连一星油花花都没有。

所以，我不是开玩笑，是经过认真思考、推理得出的结论。

对重油重盐饮食产生的严重后果，尤其是长远的影响，中国人民要有清醒的意识和认识。

中国国家文化部、卫生部要从战略高度重视、引导、解决中国人民重油重盐饮食习惯问题。饮食习惯是可能影响千秋万代的。

（2018年5月5日）

"金钱鼠尾辫"考

按： 不忘屈辱的历史，知道我们从哪里来，督促我们向哪里去。在很短的时间窗口里是无法判断历史是否"一去不返"的。估计明朝时汉人也曾欢欣鼓舞过，欢呼被元朝野蛮统治的时代一去不返了。在人类的漫漫长河中，历史会惊人地重复和再现。中国人不自省、不自律、不自强的话，历史一定会再现；模式也许不一样，受屈辱受屠杀的内容肯定一样！

清兵入关后，为了统治的需要，必须从人格上、精神上彻底击垮汉人，所以下令汉人留一个猥琐不堪的鼠尾辫，时刻提醒汉人是亡国奴，让汉人自惭形秽，觉得像只老鼠一样，羞愧难当、无地自容地苟活着。

清朝初期让汉人留的辫子是"金钱鼠尾辫"，即剃去四周头发，仅留头顶中心部分，面积大约一个铜钱大小，结成细辫下垂，形如鼠尾，其细要能穿过铜钱方孔，否则砍头处死，故名"金钱鼠尾辫"。

随着时间推移，汉人实在觉得留个鼠尾辫太过侮辱，太伤人格，于是悄悄地、不知不觉地将蓄发面积留大一点，辫子粗一些，变成了猪尾辫，从只有鼠尾那么粗变成猪尾巴粗了。

清政府在以区区总共300万满人统治3亿～4亿汉人的过程中，也开始越来越依赖以汉治汉。为了笼络汉民，对汉人辫子慢慢"变粗"现象，睁只眼闭只眼，不像初期那样严格要求辫子一定要能穿过铜钱的方孔了。

到清朝晚期，辫子越来越粗，才定型成阴阳头，就是那种秃了大部分前半瓢，后半瓢留发的阴阳头。虽然仍是丑陋无比，但可怜的汉人总算是在头顶上留下"一片"从炎黄时代就传承下来的束发了。

要注意的是，清朝晚期的阴阳头绝对没有现在满清宫廷辫子戏里那样夸张和"美化"，只是前半瓢秃了一点点，大部分后半瓢都留着发那样"好看"，而是反过来。

可想而知，对于当时深受传统"身体发肤受之父母，不敢毁伤"影响的华夏大地的百姓来说，留个鼠尾辫是多么不堪入目和无地自容，用现今流行的一个词语来形容，就是"猥琐"。因此，清朝初期"金钱鼠尾辫"曾遭到广大汉人非常激烈持久的抵制和反抗，许多已经投降的地区的民众甚至因剃发令降而复返。

可以说，自汉唐两千多年来，男子的发式一直是束发别簪，也是华夏民族文化传统的象征，一下子换成"金钱鼠尾辫"，实质上是对汉族文化习俗的割裂，对广大汉人来说无疑是数典忘祖，当然是他们所不能接受的。

当时的法令规定，没有剃发的要斩首。有剃发，但是没有按照标准执行的也是同样死罪难免的。所以说，现在清宫戏里面的阴阳头，按照当时的标准来说，也是要杀头的。当然随着时间的推移，清朝后期，男子所蓄头发比之前的多。学者形象地将辫子的变化形容为"鼠尾辫""蛇尾辫""猪尾辫"到"牛尾辫"变化。

（2018 年 9 月 13 日）

写文章就要会编故事

莫言的小说《红高粱》，开篇便说"我爹这个土匪种子……"莫言的爹看了气得不得了，骂莫言："你这不孝子，怎么说我是土匪种子，我从没当过一天土匪。"

不知莫言后来是怎样安抚他爹的。但同村的一位大爷，和莫言的小说里一个人物同名同姓，被描述为汉奸，据说是要和莫言打官司的，告莫言污蔑诽谤。

严歌苓说，好的小说一定要有好的故事。她说，她一拿起笔就情不自禁要编故事。

写文章也好，写小说也好，第一诉求是好看：文字优美，故事精彩，情节动人，人物感人。总之，要让读者喜爱。因此，难免采用夸张、移花接木、编造、拔高等写作手法。

因此，非要从别人文章中弄清楚故事、人物、情节是真是假，其实没有什么意义。除非是纪实文学或传记。传记还不见得全是真实的。

所以，读文章读小说就如吃鸡蛋，应该把注意力放在蛋好不好吃上，而不要本末倒置，老想着那只下蛋的鸡，想着那蛋是怎样下出来的。

（2018年5月31日）

个别人拖累了全世界？

二十多年前我刚抵美国时，机场几乎没有保安和安全检查。那时如果到机场接个人，可以径直走到登机口，在登机口等着接人。2001年发生恐怖分子袭击美国双子楼事件后，现在进机场的严格情况都知道，不用我多讲了，不仅全世界的机场都要进行严密安检，连火车站、汽车站都要凭身份证进出了。你说是不是个别的鬼给大家增加了无限的麻烦？！

交通规则的本质是让司机安全行驶，只要开车时不出撞人、撞车、撞墙等事故就行。那么规定路上限速多少算安全呢？这里木桶盛水理论起作用了，能盛多少水决定于木桶上最短的那块板子，车速按最无能的司机不出事故来界定！举例，我待的那座城市里有好几处下沉道，限速是四十公里/小时。妈呀，四十公里/小时的车速都慢得几乎没法开啦，我敢打赌这种路99.9%的司机哪怕开八十公里/小时一生都不会出事故，但因为就是有个别人会开着车撞到隧道的墙上去，所以就只能按这些人的能力来限止其他所有的人了！按这个思维逻辑的话，四十公里/小时的车速都嫌太快、太危险啦，君不见一些人甚至在停车场，车速充其量只有十到二十公里/小时，还经常把油门当刹车踩，冲撞路人和建筑，每年撞死多少无辜的人，因此干脆全面限速十公里/小时，这世界岂不更安全！

回老家时，母亲住的小区里家家户户的窗子上密密麻麻地装着防盗铁栏，看过去就如一个个牢笼，居民被关在铁栏里面。那不也是，几个毛贼把老百姓关入"监牢"的成功范例吗！

如果社会上少一些这样的"个别人"，这世界会变得多省事，多省心，多美好啊！

（2020年2月20日）

作者简介

高国强,江苏省宜兴市丁蜀镇人,1984年毕业于苏州大学化学系,1987年获上海工业大学应用化学系硕士学位,1987—1993年在南京中国药科大学基础部任教,1993年夏自费赴美国留学,获阿拉巴马大学塔城分校化学系博士学位。1997—2000年在得克萨斯大学奥斯汀分校化学系进行博士后研究。2010年春回中国担任南京工业大学特聘教授,并创立无锡高顿传感技术有限公司。作者业余写作,以散文、随笔、影评及红楼梦评论为主。